令嬢はまったりをご所望。5

登場人物紹介

セナ
獣人傭兵団の一人。
ジャッカルの姿を持ち、
毛並みは緑色。
ローニャに癒しを
求められることが多い。
シゼ
獣人傭兵団のボス。
獅子の姿を持ち、
毛並みは純黒。
最近は積極的に
ローニャに
アプローチしている。
ロト
蓮華の妖精。
フルーツが好き。
ローニャ
とある小説の世界に
悪役令嬢として
転生した少女。
婚約破棄をきっかけに、
田舎町で喫茶店を
オープンし、
獣人達とのまったりライフを
楽しんでいる。

セティアナ
シゼ達の故郷から訳アリでやってきた、狼の獣人。毛並みは白金色。
スカイ
海で出会った人魚の男性。よく出歩いては、知り合った人を家へ招待するらしい。
チセ
獣人傭兵団の一人。狼の姿を持ち、毛並みは青色。ローニャ特製の果物ソースなら、嫌いな野菜も食べられる。
リュセ
獣人傭兵団の一人。チーターの姿を持ち、毛並みは白色。ローニャに抱き着いては引き剥がされる。

第1章 ❖ もふもふ天国。

1　氷の令嬢。

まったりした人生を送りたい。

昔からそう願っていた。幼い頃よりも前、前世からの願いだ。

前世の私は、息をつく暇もないくらい忙しい日々を送っていた。苦しすぎる日々の果てに過労で倒れ、息絶えたのだ。

そうして気が付くと、倒れる直前まで読んでいたネット小説の登場人物に生まれ変わっていた。悪役令嬢ローニャ・ガヴィーゼラ。主人公に婚約者を奪われてしまう、意地の悪いキャラクターとして描かれていた。

そんなローニャ、つまり私の人生は、物心ついた頃からせわしなかった。

幼い頃からさまざまな教育を受けて、前世と同じように息をつく暇もない苦しい生活を送っていた。

その上、家族は冷血で、ひたすら高みを目指す厳しい人達だったのだ。

けれど、ロナードお祖父様《じいさま》だけは別だった。妻を亡くしてお父様に爵位を譲ったお祖父様《じいさま》は、私にまったりする時間を与えてくれたのだ。それはとても短かったけれど、私にとっては大きな支えだった。

そんな私に婚約者が決まる。シュナイダーだ。

私に「愛を育《はぐく》もう」と言ってくれた彼に希望を抱いた。

小説のような展開も結末も、変えられるのではないか。

シュナイダーの愛さえあれば、耐えていけると思っていた。

でも、やはりそれは間違いだった。

あの小説は、シュナイダーと主人公《ヒロイン》であるミサノ・アロガ嬢の物語。

だから私は運命の通り、婚約破棄を受け入れ、せわしない人生から逃げ出した。

苦しさばかりが募り、ほんのわずかな幸せを支えにする、そんな人生だった。

けれども、今はまったりした人生を送っていると、胸を張って言える。

まったりできるように、そう願いを込めたまったり喫茶店。

つい先日、元貴族の養子で、今は流浪《るろう》の魔法使いをしているオズベルさんに、貴族への復讐《ふくしゅう》を持ちかけられた。彼もまた、高みを目指す貴族に、苦痛な生活を強いられていたらしい。

でも当然、私は断った。復讐《ふくしゅう》をする気なんてない。

そんなことをしなくても、私は今、ここにいられるだけで幸せなのだ。

オズベルさんが口にした「氷の令嬢なんて呼ばれてたのに……穏やかなんだねぇ」という言葉を思い出す。

私の家族は、周囲から冷たい印象を抱かれていた。恐れられもしていたのだ。

その娘である私も、あまり親しくない人達にはそう思われていたのだろう。だからこその、氷の令嬢というあだ名。

親友のレクシーに「友だちのために怒るあなたは氷のようだわ」と言われたこともあった。

そんなことを思い出しながら、私は、今日も喫茶店を訪れたオズベルさんの飲み物のおかわりを注《つ》いだ。

オズベルさんは、いかにも魔法使いといった様子の大きな帽子と、三つ編みに束ねた群青色の髪、先端に水晶のついた杖、そして左右で色の違うオッドアイが特徴的な人だ。瞳は右が群青色で左が白銀色。中性的で整った顔立ちをしている。

そんな彼は今、メニューにある全種類のサンドイッチを頬張っている最中である。

その隣でステーキを完食したのは、リュセさんだ。

純白のチーター姿。でも煌《きら》びやかなイケメンさん。戦闘で切られたであろうボロボロのシャツを、あたかもそういうファッションのように着こなす、モデルのようなスラッとした体型。瞳の色はライトブルー。時々あざとく、たまにツンツンするツンデレさん。

店の右奥のテーブルについているのは、純黒《じゅんこく》の獅子であるシゼさん。そして真っ青な狼のチセさん。

二人ともワイルド系。ステーキはとっくに食べ終えている。

そのテーブルの隣で一人座っているのは、緑のジャッカルであるセナさんだ。

小柄で優しい読書家。今日は緑のワイシャツにサスペンダー姿だ。

これからしばらく、まったり喫茶店の午後は獣人傭兵団《ようへいだん》の皆さんとオズベルさんの貸し切りになりそう。

そうして過ごしていると、ラクレインが登場した。見慣れない精霊を連れている。

ラクレインは、私が魔法契約をしている精霊オリフェドートの森に棲む幻獣だ。

そばで浮いている精霊は、とても小さな存在だった。黄色い肌をしていて、琥珀《こはく》の瞳を持つ少女の姿をしている。

どこかの地の小さな精霊は、突然オズベルさんを叱り始めた。

「オリフェドート様の契約者にちょっかい出したの⁉　オズベルのバカ‼」

ものすごくカンカンに怒っているみたい。

オズベルさんはその言葉に驚き、とても感心している様子で私を見上げた。

「うえぇ⁉　あのオリフェドートと契約してるの⁉　すご‼」

すかさず小さな精霊さんの「反省しなさーい‼」と言う声が響く。

続いてケーキも一つ味わったオズベルさんは、最後に再び謝罪をして、精霊と帰っていった。

「なんだ、無事に解決していたのか。元に戻れて良かったな、シゼ」

「ああ」

コーヒーを啜《すす》るシゼさんは、ラクレインに短く返事をする。

最近まで、シゼさんはオズベルさんの魔法でとても小さな姿にされていた。元の姿に戻そうと、ラクレインにも協力をお願いしたのだった。

ラクレインも、オリフェドートに報告すると言ってすぐに帰っていってしまう。

「仕事の方はどうだ？」

「問題はないよ、ボス」

シゼさんの問いに、セナさんは振り返って答えた。

「もう何日か休んでもいいんだよ？　なんせ縮んでたんだ、身体に負担があるんじゃない？」

セナさんがそんな冗談を言う。

魔法が解けたあとも、他の皆さんと非番の日を交代してまったり喫茶店でお休みしていたシゼさん。

ちらり、とシゼさんの視線が、私に向けられる。

「何か気掛かりでもあるのですか？」

それか、やはり縮んだり大きくなったりするのは、身体に負担があるものかもしれない。

ちょっと心配になって、シゼさんに近付こうとした私の前に、ザッとリュセさんが割って入る。

「いいや、ボスは絶好調だね！　うん！　今日は仕事に行って、家に帰るよな⁉」

尻尾の毛を逆立てながら、リュセさんはシゼさんに問う。

「……帰る」

シゼさんはそう呟くように答えると、コーヒーを飲み干して腰を上げた。

帰るようだ。

シゼさんから、金貨を手渡された。慣れたもので、私もそれをすんなり受け取る。

「また明日な、店長！」

「じゃーね、お嬢」

「はい、また来てください。皆さん」

チセさんとリュセさんが先に白いドアをくぐった。

それに続くセナさん。

シゼさんだけが、もう一度、私を振り返る。

「……世話になったな」

「いえ、いいのですよ」

小さなシゼさんのお世話は、とても楽しかった。

微笑んで返すと、もふっと獅子さんの手が頭の上に置かれる。

撫《な》でられると思ったけれど、その手は私の髪を滑り落ちて、爪先が耳をなぞった。そして、その爪は私の肌を傷付けることなく顔の輪郭を撫《な》でて、ついと私の顎《あご》を上げたのだ。

「また来る」

どこか、熱のこもったような琥珀《こはく》の瞳。例えるならそう、とろけるような蜂蜜色。

シゼさんの手が離れ、ドアが閉まる。

獣人傭兵団さんは帰っていった。

「……？」

ちょっとどきまぎする胸を落ち着かせてから、私は片付けを始めた。

店じまいだ。

2　友人達。

オーフリルム王国が誇るエリート学園、サンクリザンテ。

かつてローニャが使っていたお茶会のスペースで、彼女の親友のレクシーとヘンゼル、そして元婚約者のシュナイダーが集まっていた。

授業のない休み時間にこうして集まったのは、他でもないローニャのことを話すためだ。

「ローニャは、この学園に、ましてやあの家にも戻るつもりはないわ」

レクシーは先端にふわふわのファーがついた扇子を唇に当てて、事実を口にした。

「そして、あなたのことを許すつもりも、ヨリを戻すつもりもない！」

「ぐっ！」

ビシッと扇子で指し示して、シュナイダーに言い放つ。

シュナイダーは大仰な仕草で、痛む胸を押さえた。

「ロ、ローニャは、今に満足しているって言ってたよ」

フォローを入れようと、ヘンゼルが口を開く。

「……ただ、シュナイダーはミサノ嬢と結ばれるべきだと考えているから、復縁は……」

期待できない、とヘンゼルは最後まで言えなかった。彼の優しさだ。

「ミサノと幸せになってほしい……それがローニャの願いなんだろう……。オレを深く愛しているがゆえに……ああ、オレはなんてバカだったんだ」

シュナイダーは頭を抱えて、白いテーブルに突っ伏した。

「本当にバカよ！　卒業すれば結婚ってところまできておいて、他の女に靡《なび》いた挙句、騙《だま》されて婚約破棄なんて、本当にバカだわ！　それなのに謝りもせずにヨリを戻そうとするなんて、あなたにはほとほと愛想が尽きたわ。バカシュナイダー」

「……」

レクシーがまくし立てるが、頭を抱えたままのシュナイダーは動かない。

「ローニャは……本当にシュナイダーを深く、そして強く愛していたと思う」

ヘンゼルが静かに口を開くと、レクシーは続けようとしていた言葉を呑み込んで黙った。厳しい視線をヘンゼルへ向ける。

ヘンゼルとレクシーは、ローニャが前世の記憶を持っていることやなぜ大人しく学園を去ったのかなど、彼女の秘密を打ち明けられたばかりだ。そして、それらのことは他言しないと、約束している。

話さないよ、という笑みをレクシーに向けたヘンゼルは、言葉を続けた。

「それはシュナイダーが一番わかっているよね？　ローニャは君のために、苦痛な貴族生活をこなしていた。君がいたから、ローニャはこの学園で一位の座を守っていた」

「っ……」

シュナイダーの中で、思い出が一つ一つ蘇《よみがえ》る。

失われた大切な愛の記憶。

「だから、ローニャは……オレが選んだ愛を尊重して、身を引いてくれたんだろう？」

「違うわっ!!」

涙で目を潤ませるシュナイダーを、レクシーはバッサリと切り捨てるように否定した。

「バカな選択をしたあなたごと、すべてを捨てることにしたのよ！」

「うぐっ！」

「あなたがよりにもよって、ローニャを目の敵にしていたミサノ嬢に靡《なび》いたから、百年の恋も冷めたのよ！」

「つう！」

またもや大ダメージを受けたシュナイダーが、胸を押さえる。

その辺でやめてあげてほしいと、ヘンゼルがレクシーを呼んだ。

「レ、レクシー……！」

しかし、レクシーは止まらない。

「あなたとローニャが結婚すれば、身内としてあの冷たい家族から全力で守るつもりだったけれど、今はもう、ローニャは自由の身！　連れ戻そうなんて、考えないでちょうだい。ヨリを戻すのも、許さない！」

「なっ！」

「こっちに戻ることは、彼女にとってマイナスでしかないもの。それに、戻らないことは彼女の意志でもあるわ。婚約破棄からあの子を守ることはできなかったけれど、今度こそはあの子を守る。いい？　もうローニャに二度と会うなとは言わないけれど、復縁を迫ることは許さないわよ。バカシュナイダー」

レクシーは言い切ると、護衛の二人を連れてその場をあとにしようとした。

「だ、だが！　陛下は誤りを正そうとしている！」

「……あなたは自分の過ちをなかったことにしたいだけでしょう⁉」

お茶会スペースから出る寸前だったレクシーが、鬼のような形相でシュナイダーの元に戻ろうとする。しかし、彼女の悪癖である平手打ちが炸裂するその前に、護衛に止められた。

興奮した猫のようにふしゃーっと毛を逆立てたレクシーだったが、ヘンゼルにも宥《なだ》められて落ち着きを取り戻す。

「シュナイダー。君には悪いけれど、僕もレクシーに賛成なんだ……」

「ヘンゼル⁉　お前まで！」

「ローニャの幸せを考えると、今のままがいいと僕も思う」

味方だと思っていた親友の裏切りに、シュナイダーは愕然《がくぜん》としてしまう。

「オレに協力してくれないのか……？」

「ローニャはとても幸せそうに笑っていたんだ……その笑みを奪うようなことはしたくない」

シュナイダーの希望が絶たれた。

ローニャと復縁できるよう、レクシーとヘンゼルに協力してもらおうとしていたのだ。

ヘンゼルは申し訳ないという顔を俯《うつむ》かせて「ごめん、シュナイダー」と謝る。

「わたくしは、ローニャの元取り巻き達に口止めをしなくてはいけないから、これで失礼するわ。陛下にはあなたから言ってちょうだい」

「あ、僕も授業があるから失礼するよ。本当にごめん、シュナイダー」

「ま、待ってくれ、二人とも！」

レクシーが毅然《きぜん》とした歩みで去り、ヘンゼルももう一度謝るとその背中を追う。

置き去りにされたシュナイダーは、呆然としたその後、再び頭を抱えた。

そのまましばらくの間、テーブルに突っ伏していたのだが……

「見つけた！　シュナイダー！」

その声に、ビクッと肩を震え上がらせた。

シュナイダーが今一番会いたくない令嬢の声。ミサノだ。

「会わない方がいいと言ったじゃないか！　ミサノ！」

シュナイダーは顔を背けて、足早にその場から歩き去ろうとした。

「お願い、聞いてほしいの！　ローニャは確かに嫌がらせをしたのよ！　私とあなたの仲に嫉妬《しっと》して！」

シュナイダーの腕を掴み、ミサノが言う。

「違う、誤解だ！」

「なんで言い切れるの!?　ローニャの取り巻きに証言させたしっ」

「それは君が拷問して言わせたのだろう!?」

「っ！　そうでもしなきゃ、証拠がなかったからよ！　でも、彼女達はローニャの取り巻き！　彼女のために、彼女の指示で、動いていたに決まっている！」

引き留められたシュナイダーは、それを聞いて目を丸くした。

「どうして私を信じてくれないの⁉　シュナイダー！」

「っ……‼」

ミサノに、ローニャから嫌がらせを受けていると打ち明けられた日。

真に受けたシュナイダーがローニャを問い詰めた時のことを思い出した。

ローニャは信じてほしいとそれだけを訴えていたが、シュナイダーは……

「きっと、何か彼女達の弱みを握って、あの証言は偽《いつわ》りだったと言わせているのよ！」

「違う‼　ローニャはそんなことはしない‼」

シュナイダーは、ミサノの手を振り払った。

「ローニャに会ったが、彼女は君のことを悪く言っていなかった！」

「っ！　ローニャに会った……？」

「ああ、そうだ。ローニャに会った！　オレと君が幸せになることを望んでいる……だから理不尽な断罪にも、潔《いさぎよ》く身を引いたんだ！」

「そんな嘘、いくらでもつけるわ！」

「いい加減にしてくれ！　ミサノ！」

シュナイダーが再び顔を背ける。

しかしミサノの方は、シュナイダーをまっすぐに見上げた。

「君のせいで、オレはローニャを失った!!」

責めるような視線に我慢ならず、シュナイダーはミサノに向かって声を荒らげる。

「っ!?」

「くっ……これ以上、君を責めてしまいたくない、会いに来るのはもうやめてくれ……」

バツの悪い顔をして、シュナイダーは今度こそミサノから離れた。

すべては誤解のせい。だからシュナイダーはミサノを責めたくなかったのだが、それは同時に自分を責めたくないということでもある。それに気付くことは、まだない。

力ないその後ろ姿を見送るしかなかったミサノは、強く手を握り締める。

「ローニャ・ガヴィーゼラ……」

見る者にきつい印象を抱かせるその目には、恨みが浮かんでいた。

「絶対に許さない……!」

ミサノは、カツンとヒールを強く踏み鳴らすと、憎しみを燃やしてその場を去ったのだった。

3　逆上と癒《いや》し。

いつも通りの朝。私とロトの朝食は、フレンチトースト風ホットケーキ。

生地にヨーグルトを加えて混ぜ込んだものを焼き上げれば、ふわふわな仕上がりに。ほんのりと甘いそれにかじりつく。

遅くなってしまったけれど、ラクレインに悪魔ベルゼータを封印したことを報告した。以前ベルゼータを封印してくれた魔導師のグレイティア様にも報告するために手紙を一通、ラクレインに届けてもらう。

グレイティア様——グレイ様との連絡手段だったアメジストの石も一緒に返しておいてもらおうと思ったけれど。

「それは念のために持っていろ」

と、ラクレインに言われたので、引き続きお守り代わりに持ち歩くことにした。

開店した途端にお客さんが入ってきたので「おはようございます、いらっしゃいませ」と迎え入れる。

常連さんと挨拶《あいさつ》を交わし、軽く会話をして、キッチンに入った。

朝食メニューを作りつつ、コーヒーを淹《い》れる。

「お待たせしました。こちら、ワッフルとフレンチトーストです」

休むことなくキッチンとホールを行き来して、注文の品を運んだ。

会計を済ませたお客さんを「またいらしてください、ありがとうございました」と見送っては、入ってきたお客さんを笑顔で迎え入れる。

そんなちょこっと目まぐるしい午前の仕事を終えて、一息ついた。

お客さんがいなくなって片付けを済ませた私は、その隙にサンドイッチを食べる。ふと、今日来たお客さん達の顔を思い浮かべた。

「……今日も、オルヴィアス様が来なかったわ」

ちゃんと休めているだろうか。

シゼさんが小さくなる事件の前に、エルフの国ガラシアの女王ルナテオーラ様が黒いジンの呪いを受けて倒れるということがあった。

グレイ様の代わりに呼ばれた私はルナテオーラ様の呪いを解いた。その後無事に黒いジンも消滅して、一旦は解決となったのだ。

黒いジンは悪魔の創造物だ。ルナテオーラ様の弟であるオルヴィアス様やご子息達が、手分けして黒いジンを送り込んできた悪魔を探しているというような話を聞いたので、心配になってしまう。

けれど、私の心配なんて無用でしょう。

百戦錬磨の英雄オルヴィアス様だもの。

エルフのガラシア王国は、恐らくこの世界で一番強い国だ。

きっと私が知らぬ間に、主犯の悪魔も封印してしまうことでしょう。

なぜ今になって、黒いジンがルナテオーラ様を狙ったのか、気になるところだ。解決したら、オルヴィアス様に聞いてみよう。私も一度関わったことだから、話してもらえるはず。

ミルクティーのカプセルをカップに入れてお湯を注《そそ》ぐ。タンポポに似た白い花が一輪浮き上がる様子に、クスリと笑みが漏れた。

そろそろ、本格的な夏になる。

お店のメニューに冷たい飲み物や食べ物を追加しよう。ひんやりしたデザートは、魔法で仕上げる。

喜んでくれるであろうお客さん達の顔を思い浮かべて、私は楽しい気分になっていた。

そこで、カランコロンと白いドアについているベルが鳴り、訪問者を知らせる。

獣人傭兵団の皆さんだろうかとドアの方を見て、私は息を呑んだ。

金色の短い髪と青い瞳を持つ、顔立ちと身なりが整った同じ年頃の男性。

シュナイダーが立っていたのだ。

「シュナイダー……もう二度と来ないでと言ったのに」

「っ」

立ち上がり、カウンターから出る。

一体なんの用だろうか。

まさか、この前の続き？

「ローニャ、本当にすまなかった！　謝る！　君を裏切り、他の女性の手を取ったこと、本当にすまない！　どうか、許してほしい！」

シュナイダーはそう言うなり、頭を深々と下げた。

「……」

本当に、この前の続きだ。

私は困って、自分の頬に手を添えた。

「……謝罪は受け入れるわ」

そう言うと、シュナイダーが希望に満ちた顔を上げる。

「ローニャ、じゃあ！」

「勘違いしないで」

私は冷静に淡々と告げた。

「謝罪は受け入れるけれど、前にも言ったように――あなたみたいな男、私の方から願い下げよ」

にっこりと、笑みも付け加える。

希望の顔が、一転。ショックを受けた顔になる。

勘違いは徹底的に解いてしまおうと決めた。

「私はもう、あなたを、愛していないわ」

これだけはっきり言えば、十分でしょう。

「っ……！」

「……」

シュナイダーの顔が泣きそうに歪《ゆが》む。

それを見ていられなくて、私は目を背けた。

泣かせたいわけではない。

「帰ってちょうだい」

けれど、声は自然と冷たくなる。

「待ってくれ」

カウンターの中へ戻ろうとすると、ガシッと腕を掴まれた。

「酷いじゃないか！　確かに君を最後まで信じられなかったオレが悪い！　だが、チャンスをくれてもいいじゃないか!!」

視線を戻してみると、シュナイダーの顔に浮かんでいるのは怒り。

えっ、えっ!?　逆上……!?

こんなシュナイダー、初めて見る。

「シュナイダー、痛いっ」

「勝手に諦めて、君こそ酷いじゃないか！　オレをあの家族ごと捨てたのだろう!?　身勝手だ！」

「ッ……！」

身勝手なんて。シュナイダーに言われたくない。正式に婚約しておいて、他の女性に心奪われ、私を信じることをやめたシュナイダーには。

けれども、彼の言う通り、私は諦めた。

シュナイダーに信じてほしいと言ったその夜に、信じてもらうことも、運命を変えることも、諦めたのだ。

「君がしがみ付いて、違うと言ってくれれば、あんなことにはならなかった!!」

私がすべて悪いような言い方に、ズキンと胸が痛む。

確かに私が弁解すれば、違っていたのかもしれない。

そんな考えがよぎったけれど、頭を振って思い直す。

きっと私があがいても、結果は変わらなかった。

シュナイダーとミサノが結ばれる。

そういうシナリオだったのだ。そういう運命だった。

まるで兄に叱られている時のような恐怖を感じつつも、深呼吸をしてシュナイダーを見つめ返す。

掴まれた腕を払った。

「シュナイダー・ゼオランド。頭を冷やしなさい」

「っ!」

冷ややかに見つめる。

「もう元には戻らないのよ」

それが事実だ。

「っ、うっ！」

シュナイダーはようやく諦めてくれたのか、白いドアに向かって歩き出した。

けれども、白いドアノブを引いて、振り返る。

「君のその目、その姿！　君の家族にそっくりだぞ！」

「！」

そう言い残して、ガチャン！　と乱暴にドアを閉じた。

最後の言葉は紛れもなく、私を傷付けるために放ったものだ。

「……」

あの冷血と恐れられている家族と、そっくりと言われても……

そっくりも何も、家族なのだからしょうがない。氷の令嬢。

そもそも容姿が似ているのだ。冷たい態度をとれば、そう見えてしまうのは当然。

けれど、長年その家族から庇《かば》ってくれていたシュナイダーに言われると、気になってしまう。

冷淡すぎたのでしょうか。

でも、事実を言ったまでだ。

「……はぁ」

この胸にあるもやもやをどうしよう。

すると、再びカランとベルが鳴った。

シュナイダーが戻って来たのかと、ビクッと肩を震わせる。

「どうしたんだい？　顔色悪いけど……」

そこに立っていたのは、本を小脇に抱えた青年。

緑色の髪と瞳を持つセナさんだ。

今日は非番らしく、いつもの傭兵団の上着を着ていない。

サスペンダーと翡翠《ひすい》色のループタイを付けたワイシャツ姿。

「このコロン……また、君の元婚約者が来たの？　何か言われたのかい？」

わずかに残っているのであろうシュナイダーのコロンを嗅《か》ぎ取って、セナさんは顔をしかめた。

「セナさん……」

思わず、しゅん、とした声を出してしまう。

「全く、あれほどのことを言われてもまた来るなんて、よっぽどのバカなんだね。大丈夫かい？

接客はいいから、座りなよ」

「はい……すみません……」

しゃんとしなくてはいけないと頭ではわかっていても、今は虚勢を張ることもできなくて、セナさんに促されるままカウンター席に腰を下ろした。

「何を言われたんだい？」

「……」

本をカウンターテーブルに置いて、隣に座ったセナさんが顔を覗いてくる。

私は答えられなかった。シュナイダーに限ったことじゃないけれど、悪口になるようなことは言いたくなかったのだ。

「……言いたくないなら、いいよ」

セナさんは、私の頭を撫《な》でた。

そっと優しい手付き。

ガラシア王国の宮殿の中庭でも、こうして、人間の姿のセナさんに頭を撫《な》でられたことを思い出した。

ちらりと視線を向けてみると、気遣うように微笑むセナさんの顔がある。

また、胸がざわつくような、ちょっと変な感じを覚えた。

やっぱり、もふもふが恋しいのでしょうか。

「セナさん……その」

「なんだい？」

「じゃれさせてもらってもいいでしょうか？」

唐突すぎたのか、セナさんはきょとんとした表情を浮かべた。

「それなら、シゼ……ああ」

セナさんが言葉を止め、少し考え込むように顎《あご》に手を添える。

「まだ帰って来なさそうだよね……」

白いドアを見つめて、ぼやくように言った。

シゼさん達にも頼めばいい、と言いかけたのでしょうか。

「いいよ」

ふわっ。

風に靡《なび》く草原のような煌《きら》めきを目にしたかと思えば、青年はジャッカルの姿に変わっていた。

「おいで」

若緑色のジャッカル姿のセナさんが腕を広げる。

もふもふ……！

私は誘われるがままに、その腕の中に飛び込んだ。

もふっと優しい腕に包まれる。

相変わらず、森の香りがする。落ち着く。

「もふもふセラピー……」

すりすりと頬ずりをすれば、セナさんの頬のもふもふを味わえる。

「君も慣れたものだね。初めは戸惑っていたのに」

クスクスと、笑われてしまった。

確かに、初めてセナさんとじゃれた時は、異性とのスキンシップに抵抗を覚えたけれども。これは獣人流のスキンシップであり、特に下心はない。友情の証《あかし》だ。

もふもふ、大歓迎です。

4　もふもふ天国。

その日の夕方。獣人傭兵団の邸宅。

「――そういうわけだから、ローニャにじゃれさせてあげてよ。シゼ」

シゼの部屋を訪れ、今日のことを報告したセナ。

元婚約者が来て、何やらローニャを落ち込ませることを言ったようだ、と。

「慰《なぐさ》めてあげて」

セナはそう言って、一人お酒を楽しんでいるシゼの返答を待たずに、部屋を出ようとした。

「お前、本当にいいのか？」

そんなセナを引き留めるように、シゼが口を開く。

ドアノブに手をかけたまま、セナは振り返った。

「何が？」

「オレとローニャをくっつけようとしているが、お前は本当にそれでいいのかと聞いているんだ」

以前からセナが自分とローニャの仲を取り持とうとしていることは、シゼもわかっていた。そして、セナの中に芽生えている想いにも気付いている。

だからこそ、確認しているのだ。

「……別に、僕は……」

セナは最後まで言えなかった。

本心なのか。虚勢なのか。セナ本人にも、わからない。

「……」

「……」

シゼが再びお酒を呑み始めると、セナは黙って部屋をあとにした。

＊❖＊

いつもの昼下がり。

今日も獣人傭兵団の皆さんが、まったり喫茶店を貸し切り状態にしている。

今日は傭兵の仕事もパッとしなかったようで、リュセさんとチセさんは退屈だと零《こぼ》していた。

「お嬢、なんか楽しいことねぇ？」

「楽しいこと、ですか？」

「そうそう」

カウンター席のリュセさんが、突っ伏しながら問う。

食器を片付けていた私は、首を傾げた。

んー。私はこうしているだけで毎日充実しているし、退屈はしていない。

読書でも勧めようかと思ったけれど、セナさん以外の皆さんは読書には興味がないようだ。

他に私が提供できる楽しみと言えば、食べ物くらい。

困っていると、カランカランと白いドアのベルが鳴った。

オズベルさんかと思って顔を上げるけれど、違うようだ。

「シゼお兄ちゃん!!」

「セナお兄ちゃん!!」

「チセ兄!!」

「リュセ兄!!」

獣人傭兵団の皆さんを兄と呼ぶ小さな集団が、ドドドッと押し寄せた。

そしてあっという間に獣人傭兵団の皆さんを埋め尽くす。

私は新たな来客の様子に自分の目を疑い、動けずにいた。

「うわっ！　なんだよ、お前ら！」

「おうおう！　久しぶりじゃねーか！」

立ち上がって彼らを迎えたリュセさんはなんとか顔を出すけれど、チセさんは押し倒されてしまって顔が見えない。

シゼさんは全然動じていなかった。セナさんも仕方なさそうに受け入れている。

獣人傭兵団の皆さんを埋め尽くしていたのは――もふもふだ。

まだ幼い女の子や男の子の獣人達のようだった。

ポメラニアンらしき薄茶色の毛がもっふもふの女の子が、満面の笑みでリュセさんに頬ずりしている。その逆側では、三毛猫らしき耳を生やした男の子が気持ち良さそうにゴロゴロと喉を鳴らして、やはり頬ずり。

チセさんの上にいるのは、白黒パンダの耳の男の子とネイビー色の子熊の男の子。

奥のテーブルにいるシゼさんの膝の上には、波打つ白く長い髪がふわふわなライオンらしき女の子が、満足そうな笑みを浮かべて座っている。左右の腕にしがみ付くのは、くるんくるんの桃色の耳の生えた男の子と女の子。トイプードルだろうか。

まさに今押し倒されてしまったセナさんの元にいるのは、黄色のゴールデンレトリバーらしい。

男の子か女の子かは、カウンターの中にいる私からでは確認できない。

カラフルで幼いもふもふ達……！

獣人族特有の友好の証《あかし》、じゃれつきをしている。

なんて、羨《うらや》ましい……！

いいな。いいな。いいな！

私も、幼いもふもふと戯《たわむ》れたいです！

だめでしょうか？　だめですか？　後生です！

「お久しぶりでーす、シゼ兄、セナ兄、リュセ兄、チセ兄」

気の抜けたような声を出したのは、ドアを開けたままにしている少年。私くらいの歳だと思う。

黒く長い耳からして、カラカルというネコ科の動物の獣人だろう。毛並みは、オレンジ色だ。

「よう、ラッセル！　久しぶりじゃねーか！　あ？　セティアナまでいるじゃねーか」

カラカルの少年の名前は、ラッセルというらしい。

チセさんが視線を移したのは、そのラッセルという少年の隣に姿勢良く立っている女性だ。大きなウェーブのかかった髪は白金色で、チセさんとよく似た狼の姿をしていた。

「お久しぶり」

凛とした態度で、セティアナという名の女性は頭を下げる。

「はーい、セティアナさんと一緒に来ましたー。ボク一人でこの数を面倒見るのは無理ですからねー。どうしてもと言うので、セスからここにいると聞いて連れて来ましたぁ」

「シゼ様に会いたくて!!」

「この通りですー」

シゼさんの膝の上に座るふわふわなライオンの女の子が、とても嬉しそうにシゼさんのお腹に凭《もた》れた。

それを見ながら、ラッセルさんが頷《うなず》く。

「兄ちゃん達が全然会いに来てくれないからだぜ⁉」

三毛猫の男の子が、ゴロゴロと喉を鳴らしながら言う。

「あーそうだったな。お嬢に会ってから、集落に行ってなかったもんなー」

リュセさんは三毛猫の男の子の襟《えり》を掴んで離した。

ポメラニアンの女の子のことは、片腕で余裕そうに持ち上げる。持ち上げられた少女は、嬉しそうに激しく尻尾を振った。

「お嬢？」

リュセさんの言葉にラッセルが首を傾げると、起き上がったセナさんが立ち上がる。

「皆、挨拶《あいさつ》して。この喫茶店の店長のローニャ。僕達に良くしてくれている人間の友だちだよ」

セナさんが紹介してくれると、たった今私の存在に気付いたというように、小さなもふもふ達が目を丸くして私に注目した。

警戒したように尻尾を立てて、毛まで逆立てている。

第一印象を良くしないとだめよね。

私は、すぐにカウンターから出てしゃがみ込んだ。視線の高さをなるべく合わせてから、微笑み

を浮かべる。

「初めまして。獣人傭兵団の皆さんのお友だちです。ローニャです」

それでも、小さなもふもふ達は固まっている。

めげずににこにこと笑みを浮かべ、警戒心が緩《ゆる》むのを大人しく待った。

せめて、握手してほしいな。

「お前ら！　行けー！」

ポメラニアンの女の子を下ろしたリュセさんが、その背中を押す。

よくわからないという顔をしつつも、ポメラニアンの女の子を筆頭に、小さなもふもふ達が押し寄せてきた。

しゃがんでいた私は、もふもふに包まれる。

喜びを通り越し、軽くパニックだ。

え。何これ。もしかして天国？

ポメラニアンの広がった毛が、ふわふわだ。トイプードルのくるんくるんした毛が、もふもふ。

誰のものかわからないけれど、肌に触れる肉球がぷにぷにだ。

小さくなってしまった時のシゼさん並みに、柔らかしっとりぷにぷに！

むぎゅっと抱き締められて、すりすりと頬ずりされる。

セナさん達とはまた違うもふもふ加減なのは、幼さゆえのキューティクルのおかげでしょうか。

「はうっ……はわわっ」

どうするべきなのでしょうか。

堪能《たんのう》してもいいの？

小さなもふもふさん達をまとめて抱き締めちゃだめですか？

「こらこら。ローニャを窒息《ちっそく》させる気？」

「幸せです、セナさん」

「君はいつもそうだよね」

毛並みの長いゴールデンレトリバーの男の子をひょいっと持ち上げて離すセナさん。

きっと私の顔は、とてつもなく緩《ゆる》んでしまっているだろう。

そんな私を見ても、セナさんは笑みを返すだけ。

「セナ兄ちゃん達に、人間の友だちなんて初めてだぜ!?　アンタ何者!?」

「ローニャはここの喫茶店の店長だって言っただろう？　ローニャ店長、ケーキあるだけ出して。皆甘いもの好きだから」

「は、はいっ」

セナさんに言われたものの、もふもふに包まれて身動きできません。

「ほら、撤収ー」

「離れろー、お前ら」

「ケーキ⁉　ケーキ食べれるの⁉」

「ケーキ‼」

目を爛々《らんらん》と輝かせている幼いもふもふさん達を、リュセさんとチセさんが引き離す。一人だけ、私に飛び付かなかったライオンの女の子は、シゼさんの膝の上を堪能《たんのう》している様子。

「今、持って来ますので、席についてください」

そう言うと、もふもふさん達は一斉にワッと散って、空いている椅子に座った。

注文をとってケーキを運ぶ。

小さなもふもふさん達は、大興奮だ。

「集落じゃあケーキなんて食べられないですもんねー」

「あら、すみません。椅子が足りないですよね」

「お構いなくー」

ラッセルさんとセティアナさんが立ったままになってしまったので、魔法で椅子を出そうと思ったけれど、二人はそのままでいいらしい。

セナさんもリュセさんも立ち上がって、食べている小さなもふもふさん達の面倒を見始めた。

チセさんは頬杖をついて、ゴールデンレトリバーの男の子が食べている姿を真横で眺めている。

シゼさんは、膝に乗せた女の子にチョコレートケーキを食べさせてあげていた。

子どもの扱いに慣れている獣人傭兵団の皆さんに驚きつつ、微笑ましく眺める。

ふと視線を感じて見ると、白金色の狼の姿のセティアナさんだった。

こちらをじっと見つめてくる。

「セティアナさんも、ケーキですか？」

「いえ……私はいいです」

物静かな狼さん。チセさんと同じく人見知りなのでしょうか。

けれど、そうは思えないほど、じっと私を見つめてくる。なんでしょうか。

「そういえば……皆さん、名前に〝セ〟の音がありますよね。そういう風習なのですか？」

リュセ、チセ、セナ、セス、シゼ、セティアナ、ラッセル。

子ども達の名前は聞いていないけれど、ふと気になった。

「違うよ。ただの村の中での流行りだっただけ。僕達の世代は、名前に〝ゼ〟が入れられたんだ」

「あら、そうなんですね」

セナさんが答えてくれて、納得する。

「集落にいる子ども達、全員が遊びに来たのですか？」

「いやー？　集落にはもっと幼い子どもがたくさんいるぜ？　人間を警戒しているから、来ないだけ。たまに遊びに行ってたけど、……あーん」

「みゃ!?　リュセ兄がオレのケーキ食べた!!」

「おかわり、ありますよ？」

三毛猫の男の子に、ちょっかいを出すリュセさん。

私はおかわりを運んであげた。

皆さん、毎日のように私の店に足を運んでいたから、集落に行く暇がなかったのでしょう。

私と精霊の森に行ったり、ジンの国アラジンに行ったり、シーヴァの国へ冒険に出たり、ガラシア国に行ったり。思い返せば、獣人傭兵団の皆さんと色んな場所に出かけました。

「それで？　滞在するつもりで来たのかい？」

「いや、すぐに帰りますよー」

ラッセルさんの言葉に、ガツガツとケーキを平らげていた小さなもふもふさん達がブーイングをする。

「セティアナさん以外はー」

「セティアナ？　残るのかい？」

「なんでまた？」

セナさんとリュセさんが、ラッセルさんの方ではなく、セティアナさんの方を向く。けれどセティアナさんは何も言うことなく、ラッセルさんを横目で見ていた。

「実はセティアナさん、長《おさ》の妻の座を狙っているっていうデマを流されてしまって、集落に居づらいようですー」

「またかい？　セティアナ。なんでそんな誤解が生じるんだい」

セナさんが呆れた様子で問う。

「私は、単に長《おさ》の仕事を手伝っているだけです。集落をより良い場所にするために」

セティアナさんが、そう淡々と答えた。

毅然《きぜん》とした態度に見えたけれど、言ってすぐ俯《うつむ》いてしまう。

「あ。長《おさ》ってのは、シゼと同い歳で、黒豹なんだけどよぉ。まだ独身だから、集落の女達が狙っているんだよな。妻の座をさ」

リュセさんは、ケラケラと笑う。

黒豹で、集落の若い長《おさ》。それはそれは、イケメンのもふもふに違いない。

黒というと、シゼさんと同じようにかっこいいのでしょうか。

「……まぁいいよ。しばらく、僕達の家に滞在すれば？」

「いいのですか？」

獣人傭兵団さんとのやりとりを見ていると、セティアナさんはシゼさんとセナさんより年下、リュセさんやチセさんよりは年上なのだろう。

「いいよ。どうせ部屋はたくさんあるし、ちょうど頼みたいこともある」

「頼みたいこと？」

「いいでしょ？　シゼ」

セナさんはその内容を口にしないまま、シゼさんに目をやった。

ライオンの女の子に変わらずケーキを食べさせ続けているシゼさんは「……好きにしろ」とだけ言う。

羨《うらや》ましい。純黒《じゅんこく》の獅子さんの膝に乗るなんて。

そんな私の視線に気付いたシゼさんと、目が合ってしまった。サッと自然に逸らして、ケーキのおかわりが必要か確認をする。皆さん、まだ食べている最中だ。

セティアナさんがしばらく滞在するなら、その間にお友だちになれないだろうか。

獣人の女友だち。

もふもふし放題では……⁉

いいえ、落ち着くのよ、私。同性とはいえ、ベタベタなんて、人によっては嫌かもしれない。でも狼タイプなら、チセさんみたいに豪快にじゃれてくれるかも。

その大きなウェーブのついた長い髪に、触らせてくれるでしょうか。

手入れが行き届いていそうな艶《つや》やかな光を放つ白金色。絶対に触り心地がいいに決まっている。にこやかにセティアナさんを見つめるけれど、彼女の方は私に笑みを返してくれない。期待のこもった目で見つめすぎたのか、心なしか引かれている気もする。

いけません。生真面目そうなセティアナさんと、どう距離を縮めましょうか。

「食べ終えたかい？　ほら、途中まで送ってあげるから、帰るよ」

「「ええぇーっ⁉　もう⁉」」

「まだシゼ様といたい!!」

「だめ。集落に帰るの」

「いやー!!」

セナさんが、シゼさんの膝からライオンの女の子を引き離した。

女の子が悲鳴を上げるけれど、慣れているのか、セナさんは気にしていない様子。

「ラッセルを困らせるなよ。絶対に離れるな」

宥《なだ》めるようにライオンの子の頭を撫《な》でたリュセさんは、またポメラニアンの子を抱き上げた。

「ほら、お前達行くぞー」

チセさんがトイプードルの双子と手を繋ぐ。その背中にゴールデンレトリバーの子が乗っかった。

チセさんがお兄さんしている様が、微笑ましい。

この子達にとって、獣人傭兵団の皆さんは、いいお兄さんなのでしょう。

……羨《うらや》ましい。

私もお兄さん、と呼ばせてもらえないだろうか。

私は歳下だし、もしかしたら、いいと言ってもらえるかも。

「あら?　シゼさんはお帰りにならないのですか?」

「ああ。コーヒーを」

コーヒーのおかわり。残るのはシゼさんだけのようだ。

「また明日なー、お嬢」

「またな、店長」

まずはリュセさん達と小さなもふもふさん達を見送る。

「またいらしてくださいね」

「ケーキのお姉さん、ありがとう！」

「美味しかったぜ！　お姉さん！」

「また食べさせてね！　人間のお姉さん！」

「ありがとう！　お姉さん！」

膝を折って笑いかけると、小さなもふもふさん達にお姉さんと呼ばれた。

子どもの愛らしさが伝わってくる。可愛い。

私が手を振れば、一生懸命振り返してくれた。

お姉さんか。私をそう呼んでくれる少年が他にもう一人いる。元気かしら。

「コーヒー、すぐに淹《い》れますね」

二人になったところで、コーヒーを用意する。

「いいですね。皆さん、仲良しで微笑ましいです」

「子ども、好きか？」

「そうですね……どちらかと言えば好きです」

シゼさんの質問に、少し考えて答えた。

子どもとはあまり接した覚えがないけれど、好きな方だ。

「そうか……」

少し冷ましてから渡したコーヒーを、シゼさんが啜《すす》る。

「私は末っ子でしたから、お姉さんと呼ばれるとくすぐったいです。それに……」

私はシゼさんの膝をついつい見てしまう。

「……なんだ？」

「誰かの膝に乗せてもらうって、羨《うらや》ましいなと思いまして。祖父の膝にも、もちろん父や兄の膝にも乗せてもらったことはないので……憧れてしまいますね」

ちょっと遠い目をしてしまったかもしれない。

たとえ幼くとも、マナーとして、膝の上に乗るなんて許されなかったのだ。あ、でも、言えばお祖父様《じいさま》なら許してくれそう。今の私が乗るには、少々重たすぎるでしょうけれど。

オズベルさんがシゼさんに使った対象を縮ませる魔法を教えてもらって、小さくなれば乗せてもらえるでしょうか。そこでお昼寝させてもらいたい。

「……乗るか？」

コーヒーを飲み終えて、カップを置いたシゼさんがそう言ってくれる。

「膝に、乗って、いいのですか……!?」

「ああ」

驚きのあまり大きく開いてしまった口を両手で覆《おお》う。

そんなっ。純黒《じゅんこく》の獅子さんの膝に乗せてもらえるなんてっ！

周囲を確認！

店には私とシゼさんの二人しかいない。

「で、では……お言葉に甘えて」

ドキドキしつつ、座りやすいようにとテーブルを避けて差し出された膝の上に、背を向けてゆっくりと腰を下ろした。

何かが後頭部にふわりと触れた気がする。

「お、重いですか？」

「いいや」

さっきの女の子と比べたらだいぶ重いだろうけれど、シゼさんは嫌がらなかった。それどころか、頭を撫《な》でてくれるサービスまでしてくれる。

もふもふの手で、優しく撫《な》で付けられた。

調子に乗って先ほどの女の子のように凭《もた》れると、もふっとシゼさんの鬣《たてがみ》に埋まる感触が！

後頭部が鬣《たてがみ》に埋もれるなんて、贅沢なもふもふ堪能《たんのう》の仕方！

頬を押さえていれば、腰にシゼさんの腕が回された。

その腕に、ん？　と疑問に思っていたのも束の間。

右肩から垂れた三つ編みの髪を、シゼさんが嗅《か》いでいることに気付く。

そして、軽くすりすりされる。

はわわ。もふもふの獅子さんにじゃれられていますっ。

くすぐったいです。

くすぐったさに耐えていると、今度は反対の左の首筋を、ザラザラした舌でペロッと舐められた。

そこで、思考が一時停止する。

そういえば、前にもシゼさんに舐められたことがあったなと現実逃避。

あれは顔だった。砂糖がついていたからと、ペロリとされたのだ。

これは、じゃれつきの延長なのかもしれない。

そう自分を納得させようとしても、頬が紅潮していくのを感じる。

かぷっ。

耳を、噛まれた。それは軽くくわえるだけの行為だ。

でも。それでも。私の許容範囲を超えてしまった。

「っ⁉」

噛まれた耳を押さえ、飛び上がってシゼさんの膝から離れる。耳がこれでもかというほど熱くなってしまっていた。

瞠目《どうもく》している私に、立ち上がったシゼさんが近付く。

見上げると、熱がこもった琥珀《こはく》の瞳は、獲物を捉えたようにギラついていた。

私はつい後退《あとずさ》りするけれど、すぐに向かいのテーブルにぶつかってしまう。

そのテーブルに視線を移している間に、シゼさんは人間の姿に変化していた。

人間の姿だと、余計に焦がすような眼差しに見える。

私を――求めている眼差し。

「シ、シゼ、さんっ……ひゃ！」

テーブルとシゼさんに挟まれたかと思うと、私はテーブルに倒れてしまい、押し倒された形となった。シゼさんは私の立てる物音にも動じることなく、私を閉じ込めるように両脇に腕を置いた。

「ローニャ」

低い声が降ってくる。

「お前の父や兄になるつもりはない。――オレを一人の男として意識しておけ」

さらに顔が近付くものだから、ビクッとして思わず目を瞑《つむ》ってしまった。

そっと、額に触れた感触は、間違いなく唇でしょう。

頭を撫《な》でられて、恐る恐る目を開く。

すぐ近くにあるシゼさんの顔には、ニッと不敵な笑みが浮かんでいて、楽しそう。

まるで私の反応に満足している、ような。

「また明日な、ローニャ」

私の腕を掴んで立たせると、シゼさんは白いドアを開けて出て行った。

とろとろに溶けてしまいそうなほど熱い顔の私は、へたりとその場に座り込んだ。

第2章 ❖ 海底の王国。

1 氷菓作り。

ここは、精霊の森。

緑豊かな自然の中、深呼吸をする。

夏の陽射しが燦々《さんさん》と射し込むけれど、木の葉が遮《さえぎ》ってくれていた。

ペリドットやエメラルドグリーンの宝石をそのまま透《す》かしているような輝きにほっとする。何より、清らかな空気が美味しい。気のせいかもしれないけれど、ひんやりもする。

あてもなく、緑の中を散策した。

橙色の蜜を垂らす、どっしりと大きな木。垂れた蜜はぷるんと雫《しずく》型で、決して落ちたりしない。

この大きな木は蝶の妖精パーピーの家だ。

そんな大木の目の前に着くと、オレンジパイのような匂いがする小さなパーピー達の突撃を受けた。

こんがり焼けた赤みのある肌に、黒いレザースーツを着ているセクシーな女性の姿で、背中には揚羽蝶《あげはちょう》の羽根を生やした妖精さん。

「いつもコーヒーチェリーを摘んでくださり、ありがとうございます」

わいわいと賑《にぎ》わうパーピー達に、お礼を伝える。

会話はすぐに切り上げて、再び気の向くまま歩き始めた。

ふらり、ふらり、ふらり。

「おい。どうした？」

ぼーんやりと木々を眺めながら歩いていると、聞き慣れた声がした。

振り返り、歩み寄ってくるラクレインの姿を認める。

限りなく人に近い姿で、黒いズボンとブーツを履いているようにも見える、鳥の下半身を持っていて、腕も翼だ。髪に見えるのは、羽毛。後頭部の羽根は長く、ライトグリーンからスカイブルーに艶《つや》めいている。そして、黒いリップを塗ったような唇。

幻獣のラクレイン。

「あら、ラクレイン？」

首を傾げようとしたら、ぷにっと柔らかくひんやりしたものに頬が当たった。

「え？　レイモン⁉　いつの間に！」

そちらを見ると、背中から抱き付くようにして、青と緑のグラデーションのマンタが貼り付いている。

森マンタのレイモンだ。

そっと離れたレイモンは、ふわふわと浮遊して去っていく。

私が気付くのを待って、しがみ付いていたのだろうか。

「パーピーの家に来る前から付いていていたそうだ」

「え!?」

どうやらラクレインは、パーピー達から私のことを聞いて迎えに来たらしい。

「お主が上の空で歩き回っていると話題になっていた。よく見ろ、フェーリスの毛だらけだぞ」

「あら……!」

フェーリスとは猫に似た顔立ちの、長い毛を持つ白いもふもふだ。そのフェーリスの毛が藍色の星空柄のドレスにしっかりとついていた。白い毛まみれだ。慌てて払おうと、スカートを軽く叩く。

「我がやる」

右の翼を上げたラクレインが、風を巻き起こした。それはそよ風のようなものではなく、とても荒々しいもの。

強引な風に、私はその場でくるくると回されてしまった。

風が止《や》む頃には目が回ってしまい、よろめいてしまう。

ラクレインの風は、いつもこうだ。

苦笑を零《こぼ》しつつ、乱れてしまった三つ編みをほどき、丁寧に指を滑り込ませて整える。波打つ水色がかった白銀の髪を、さらりと背中に流した。

それを待ってくれたラクレインが、口を開く。

黒い唇の向こうに鋭い牙が並んでいるのが見えた。

「それで？　どうしたのだ？　昼下がりから森で過ごしているようだが、何かあったのか？」

「……えっと、ただ散策をしているだけよ。まったりと」

私は笑みで誤魔化そうとする。

しかし、ラクレインは騙《だま》されないと言うように眉をひそめた。

じとっと、睨《にら》むように見下ろされる。今度は話せと言わんばかり。

「……本当に、大したことじゃないの。ただ……」

視線が自然と足元に落ちていく。

「何かあったんだな？　また兄が来たわけじゃないだろうな？」

ラクレインのライトグリーンの瞳がさらに鋭く細められた。

「違うわ！　お兄様はもう二度と来ないはず……！」

以前店に来たお兄様を思い出して、恐怖で身震いしてしまった。

「では、シュナイダーか？」

お兄様が来た時にはそのことを伏せていたから、あとから知ったラクレインが怒ってしまった。

今度は心配をかけないようにと、シュナイダーが会いに来たことは、ロト達を通じて一応知らせてある。

でも、ついこの間のシュナイダーの二回目の訪問は、まだ話していない。

逆上して私を傷付けるための言葉を投げつけてきたなんて話したら、ラクレインはきっとシュナイダーへの仕返しを考えてしまうだろう。

それを避けたかった。

私はあくまでも穏やかに、日々を過ごしたいのだ。

言わなくてもいいわよね。あんなことを言われたなんて。

シュナイダーを拒む私の様子が、冷血な家族にそっくりだと。

高みを目指すように強要してきたあの家族からの重圧の中で、共に愛を育《はぐく》もうと手を差し伸べてくれたシュナイダーが、支えだった。

だからこそ、私に痛みを与えるには十分な言葉だった。

現状に甘えるなと厳しい家族の代わりに、励まし続けてくれたあのシュナイダーが、一番理解してくれていたはずなのに。

……でも、怒って当然かもしれない。

私から、はっきりと告げた。

家族の過度な期待と一緒に、シュナイダーを捨てたのだと。

私からシュナイダーを手放したのだから、甘んじて受けるべきなのかも。……なんて。自虐的な笑みを漏らしてしまう。

「シュナイダーはちゃんと追い払ったわ。もう来ないはず」

「……本当にそうか？」

あの痛みは、セナさんのもふもふが癒《いや》してくれた。

持つべきは、もふもふの友だちね。

「ええ」

あのまったりした一時《ひととき》を思い出して、ふっと笑みを零《こぼ》した。

「それならいいが。では他に悩みごとがあるんだな？」

「……」

笑みを浮かべたまま、明後日の方向に目を向ける。

……ああ、あんなところに綺麗な木の葉があるわ。

「……詮索されたくないのなら、話さなくてもいいが」

ほっと肩の力を抜く。

「誰かが悩ませているのなら、我がぶっ飛ばしてもいいのだぞ？」

「それはやめて！」

「誰かが原因なのか」

ラクレインの目が、ギラリと光った気がする。

好戦的なラクレインだから、心配してしまう。

「別に何か……された……わけじゃ……」

傷付くようなことをされたわけじゃない。

そう言いかけて、思い出してしまう。

今まで堪《こら》えていたのに、顔がじゅわっと熱を帯びた。

「……ふむ」

ラクレインが翼の先を顎《あご》に当てて小首を傾げる。

「その様子では、何かされたようにしか思えないが……害されたわけではないようだな」

ラクレインの確認に、しぶしぶ頷《うなず》いてみせた。

「また誰かを魅了でもしたのか？」

「魅了？」

「ああ、お主はとんでもない人たらしだ。悪魔さえも魅了してしまうのだからな」

「ラクレインったら」

にやりと口角を上げたラクレインがそんな意地悪を言う。

「冗談ではない。事実を言ったまでだ。人間なんてさほど知らぬが、ローニャのことは高嶺の花だと言うのだろう？　手が届かないほど高いところにあって、周囲の者を何もかもで魅了する、美しすぎる花」

翼の先で、ほどいた髪をそっと撫《な》でられた。

「見た目を褒《ほ》めてもらうことはあるわ」

「もちろん外見にも惹かれるだろうが、一番はその優しさだ」

眩しそうに微笑んだラクレインを見上げながら、私は自分の髪を撫《な》で付ける。

「……ありがとう、ラクレイン」

「なぜ礼を言う？　事実を言ったまでだ」

「嬉しいからよ」

優しさで魅了なんて、家族とは程遠いものだから、嬉しい。

私は歩き出す。ラクレインもついてきた。

「それで？　相手は誰だ？　獣人達の誰かか？」

「えっ」

すぐさま的中させるものだから、驚いてしまう。

「それなら話してくれればいい。我は奴らを好いている。相談に乗るぞ」

「……つい、さっき」

一人で抱え込むこともないかと、ラクレインに打ち明けることにする。

「一人の男性として見てほしいと……言われたわ」

「ローニャは鈍感だからな、自己評価が低いゆえに気付かない」

「鈍感じゃないわ！　私だって、好意があるかないかはわかるもの」

店のお客さんに目で追われていることとか、一生懸命に挨拶《あいさつ》してくる少年とか。好意を向けられていることがある自覚はある。

どうだか、とラクレインはまた意地悪な顔をしていた。

「そいつからの好意には気付かなかったのだろう？　だから気を落ち着かせるために、森を散策していた。違うか？」

「……名推理です」

私の負けである。確かに気付かなかった。

シゼさんが私を一人の女性として見てくれていたことに。

「一体いつからかしら……」

これまでのことを思い返してしまう。

「案外早い段階だと思うぞ。街の嫌われ者を受け入れたお主の優しさに触れて、心惹かれた可能性はある」

「……普通のことをしただけだと思うのだけれど」

「それを普通だと思っているからこその魅力だ」

「ふふ、ラクレイン、褒《ほ》めすぎよ」

私はおかしくて笑ってしまった。

「お主が謙遜《けんそん》するからだ」とラクレインは言葉を返す。

「出会って間もなく好意を抱いてくれていたのなら……」

再び思い返して、私は顔を両手で覆《おお》った。

「私ったら、そうと知らず……あんなことやこんなこと！　無防備にしてしまったわ！　それに、向こうからの触れ合いもあったような……」

「具体的に聞きたいものだ」

思い出すと恥ずかしい。それを考えないようにしたくて森の中を無心で歩いていたのだけれど、ぽつりぽつりと話し始める。

「まずはそうね……手を繋いだ、かしら。肉球ともふもふが堪らなくて、つい、お喋《しゃべ》りしながらずっと触っていたわ」

「まぁ、獣人らにとっては友好の証《あかし》だからな」

「その前にも確か……顔を舐められたわ。砂糖がついていたとかで。驚いたけれど、その時は大きな猫さんに舐められただけだと思うことにしたわ、それもじゃれつきの一環かと……」

「ふむ、その時には絶対に好意があったな。唾をつけた、といったところだろう」

推理をするラクレインを見上げながら、続ける。

「踊ってほしいと頼んだこともあるわ。そうしたら、彼のベッドで目が覚めてびっくりしたけれど、お兄様のことで気絶した私を保護してくれただけだと聞いた」

「そんなこともあったな」

「寝惚《ねぼ》けてもふもふさせてもらったわ……何度も」

ハッとなり、私は足を止めた。

自分の顎《あご》を摘《つま》んで考えたあと、ラクレインを見上げる。

「お酒に誘われて一緒に呑んだ時、やけに近かった！　それに色っぽく耳元で囁《ささや》いてきて……今思えば色仕掛け、のようだった……」

「その時点で気付かないとは、やはり鈍感ではないのか」

ラクレインに笑われた。

「彼には大人の色気があるから……てっきりお酒を呑むと色気がただ漏れになるのかもと思って……」

「鈍感だと認めるか？」

「……認めます」

しょぼんと肩をすぼめて、再び歩き出す。

「ん？　果樹園に向かっているな」

「ええ、果物を見ながら、次の新メニューを考えようと思って。夏は、やっぱりアイスクリームがいいと思うの。パンケーキにアイスを付ければ喜んでもらえるかと。夏だから、さくらんぼなんてどうかしら。とりあえず、相談してみるわ」

「ちゃんと仕事のことも考えていたのか。いや、仕事に没頭して、現実逃避でもしていたのか？」

もう。意地悪。

むくれていれば、翼で頭を撫《な》でられた。

そんなやりとりをしながら到着したのは、果物の甘い香りが充満した果樹園。香りだけでなく、もちろん果物も溢れている。果物は妖精達の主食なので、果樹園はとても広い。きっと世界一の果樹園だろう。

ここでは、果物は季節に関係なく一年中実る。でも旬のものが欲しいのだ。

少し陽が傾いて薄暗くなり始めた。

果樹園に入っていき、注意深く足元を見る。オレンジや桃が実っている木もあれば、苺が並ぶ畑もある。桃の木の間を進んでいくと、赤いりんごを見つけた。

「こんにちは」

「ロニャ！　チワ！」

振り返ったりんごは、私をロニャと呼んだ。

りんごの妖精メロだ。頭にりんごの被り物を被った二頭身の妖精さん達が、わーっと押し寄せてくる。

ロト達よりは大きいけれど、それでもやっぱり小さい。なんだかクッキー人形に似ていると、前から思っていた。にっこりした表情とか、丸みのある手足とか。

それに声がとても高くて、早口で、可愛い。

私がしゃがんで両手を差し出すと、その手に一人が乗ってくれた。

「実は夏の旬な果物でアイスを作りたいのだけれど、さくらんぼはありますか？」

「ンゥー」

手の上のメロが頬杖をつくようにして考え込む。

「ネェネェ、ロニャ！　ラズベリーハ？」

「ラズベリー？　ラズベリーも旬でしたか」

ラズベリーのアイスか。甘酸っぱくていいかもしれない。

ラズベリーアイスを添え、ミックスベリーを載せたパンケーキを思い浮かべる。

私の店でも、ラズベリーを使ったケーキは人気だ。それも、彼らの世話があってのこと。

「マンゴー！」

「メロン！」

「バナナ！」

「カシス！」

足元でぴょんぴょん跳ねるメロ達が、それぞれに自分が推す果物を挙げていく。

「んー……そんなにたくさんはできませんよ」

小さな喫茶店だ。あまりにもたくさん作っては、余ってしまうだろう。

「アイスは、作るのに時間がかかるのか？」

悩んでいると、ラクレインに問われた。

「いいえ、果物を凍らせて、グラニュー糖を入れて混ぜるだけ。アイスというより、シャーベットね。ひんやりした果物を舌で楽しめると思うの」

「魔法で簡単に作れるのか？　それなら試食して、一番人気なものを店で出せばいい。メロ達も食べたいだろう？」

ラクレインの言葉に、被っているりんごを振り回すようにして首を縦に振るメロ達。

それなら、シャーベットの試食会を開くとしましょうか。

「では……おすすめの果物を三種類ほどください。店で作って食べましょう」

「ワーイ！」

メロ達はそれぞれの果物を取りに向かった。小さいからなのか、動きがとても素早い。

「ラクレインも来る？」

「ああ、シゼに迫られた話を聞いてやる」

「……えっ！　どうしてシゼさんだとわかったの⁉」

名前を伏せていたのに、なぜわかったのだろうか。

「いや、大人の色気を放つとは、シゼのことだろう？　奴が最も年上だったはずだ。それにあの兄からローニャを保護したのもシゼだった。わかるだろう」

「そうね……」

ラクレインなら言い触らしたりしないから、名前を知られてもいいけれども。

「聞いてくれてありがとう、ラクレイン」

「構わない。それで？　シゼの気持ちに応えるのか？」

「……私、他の方からアプローチを受けていて」

「オルヴィアスだろう？」

そう。オルヴィアス様。エルフの国の王弟殿下であり、生きる英雄。

彼にはプロポーズをされて、一度断った。でもアプローチし続けてくれている。

「ええ……天秤にかけているわけじゃないけれど、二人ともいい人だと思う。ドキドキさせてくれる。けれども……恋を、するかはわからないわ」

「そうか……まぁ、誰を好きになろうと、お主の自由だ。これから時間をかけてもいいんじゃないか？」

そっと、ラクレインの翼が私の背中に添えられた。

「……そうね。時間をかけて、答えを見つけたいわ。まったりと」

ラクレインを見上げて、私は笑みを深める。

きっと彼らは、答えを急いではいない。

ゆっくりと、まったりと、時間をかけて返事をさせてもらおう。

それにしても、シゼさんのアプローチは大人びている。

野生的で色っぽい。舐めてきたり、耳に噛みついてきたり。

年上のシゼさんらしいアプローチである。

ちょっとだけ、また頬が火照《ほて》ってきてしまう。

シャーベットを作ったら、それで冷やしておこうか。

「ロト達も連れていくか？」

「そうね、甘いもの大好きだものね」

「頼まれたものを収穫してローニャの元に届ける仕事も楽しんでいる。仕事をメロに取られて怒るかもしれないぞ」

「そんな」

そんな冗談を言ってから、ラクレインは妖精ロトを迎えに行った。

果物を持ってきてくれたメロ達を待って、彼らと共に一足先に店へと戻る。

地面をカツンと踏み鳴らすと、白い光に包まれた。瞬きをする間に、精霊の森から店の中へ移動する。

「おっかえりぃ！」

「わっ、オズベルさん」

戸締まりしたはずの店の中に、流浪《るろう》の魔法使いオズベルさんがいた。

「勝手に入ってこないでください。不法侵入ですよ」

いつもと同じ魔法使いの格好をしているオズベルさんに、肩を竦《すく》めて注意する。

「だって、お腹空《す》いたんだもん。ケーキでいいから食べていい？」

カウンター席に座っているオズベルさんは、反省の色もなく笑いかけてくる。

「それともその果物をくれるのかな？　こんにちは。精霊の森の妖精さんかな？」

オズベルさんが、私の足元にいるりんごの妖精を見た。

にっこり笑顔のメロ達は、果物を持ったままペコリとお辞儀をする。

「りんごの妖精メロです。これからこの果物で、シャーベットを作ろうと思いまして……食べますか？」

「うん！　食べる！　もちろん、タダだよね？」

「はい」

オズベルさんとは、ここでの食事を当分タダで食べていいという約束をしている。

ラクレインが私が魅了したと言った、悪魔ベルゼータを封印してくれたからだ。

封印破りを得意としていたベルゼータは、封印系魔法が不得意な私が封印しても、すぐに破っては悪さを繰り返してきた。

でもさすがは魔法の天才。それも独自の魔法を作るほどの腕を持つオズベルさんは、オリジナルの封印魔法でベルゼータを封じてくれた。

「ケーキは何がいいですか？」

「んー、そのショートケーキでいいや」

「はい、どうぞ」

あらかじめ切っておいたショートケーキをお皿に載せて、オズベルさんの前に置く。

その間に、メロ達はキッチンによじ登り、果物を置いていた。

「いっただきまーす」

「……あの、オズベルさん」

「なんですか？」

ケーキを一口食べたオズベルさんは、二口目のためにフォークを構えた格好のまま、カウンター越しに私を見上げる。

「封印した悪魔はどこですか？」

「それは教えなーい。なんで気にするの？　付きまとわれて、情でも移った？　悪魔に付け込まれちゃだめだよ」

「……」

情が移った、か。

ベルゼータは悪魔らしい悪魔だったけれど、悪魔らしくない悪魔でもあった。

普通、悪魔は負の感情に突き動かされやすく、誘惑に弱い人間を好むのだ。悪魔の魔力に影響されない加護をかけている人間は、嫌いらしい。

私は加護を受けているし、悪魔の誘惑には靡《なび》かない自信があった。

悪魔ベルゼータは、私と友だちになりたかった、のだと思う。

私を天使と呼ぶ彼は、私を堕《お》としてしまいたかったようだ。

私が堕落して初めて、友だちになれる。そう考えていたのだろう。

そのためにあの手この手を使ってきたのは、悪魔らしい。

でも私に魅了されたのは、悪魔らしくない。

「別に解放したいと考えているわけではありません。どういう封印魔法か、気になりまして」

ベルゼータのことをちょっとだけ気の毒に思う。だって永遠に封印されるのだ。

悪魔は死ぬと悪い魔力を放出して、その地を毒々しい瘴気《しょうき》で溢れさせる。かの昔に一国がそれで滅び、その場所は今は滅びの黒地《くろち》と呼ばれている。

だから、封印という手段しか取れないのだ。

「私はあの悪魔を誰も見つけられないように、術者の私自身にもわからない場所に飛ばすような封印魔法をよくかけていましたが、そういう類《たぐい》のものですか？」

「それは割と高度な封印魔法だよね？　普通の封印魔法って、何か物を必要としてたよね」

「はい、物に封じる類《たぐい》のものですね。それが初歩的な魔法」

続けて問う前に、白いドアが開いた。

バサバサという鳥の羽ばたきと共に風が巻き起こり、無数の羽根が舞う。

慣れていないオズベルさんが「うわ!?」と声を上げた。

「……また来たのか」

いつも通りに登場したラクレインは、オズベルさんをなんとも思っていない風に一瞥《いちべつ》する。

そして、そんなラクレインから蓮華《れんげ》の妖精ロトがぼとぼとと落ちた。

蓮華《れんげ》の蕾《つぼみ》のような頭にぷっくり膨れた頬とお腹。マスカットのようなほんのりライトグリーンの肌。つぶらな瞳は、ペリドットの宝石のよう。手足は、摘《つま》んで伸ばしたように小さい。

床に着地して決めポーズを取る妖精ロト達は、大の人見知り。

初めて見るオズベルさんに気付くと、「わー！」と蜘蛛《くも》の子を散らすように逃げ出した。

「ありゃ、嫌われちゃった」

「人見知りが激しいのです。慣れるまで時間がかかりますよ。紹介していませんでしたね、精霊オリフェドートの森の幻獣ラクレインです。ラクレイン、こちらが以前お話ししたオズベルさんです」

先日も、同じようにオズベルさんが食事に来ていたところへラクレインがやってきたことがあったけれど、あの時にはあまりやり取りがなかったのだった。軽く紹介をしておく。

ラクレインは興味なさそうにそっぽを向いて、テーブル席に腰を下ろした。

それとは逆に、オズベルさんは左右で色違いの瞳を輝かせる。

「いいなぁー。オレも精霊オリフェドートと契約したいー。ローニャ、取り持ってくれない？」

「無駄だ。たとえローニャが頼もうとも、オリフェドートは契約しない」

「オレ、自分で言うのもなんだけど、魔法の使い手としては最強だよ？　役に立てると思うよ」

「グレイティアとローニャで十分だ」

自分を売り込むオズベルさんだけれど、ラクレインに軽く一蹴されてしまった。

「オズベルさんはなぜオリフェドートと契約をしたいのですか？」

「緑を司《つかさど》る精霊オリフェドートだよ？　偉大な精霊だよ？　できるものなら、契約したいに決まってるじゃん。それに精霊の森は薬草の宝庫だし、見たことのない妖精もたくさんいると思うと心躍るよ」

そう言って、テーブルの下でこちらをうかがう妖精ロトに視線をやる。

ロト達は、見られた途端にひゅっと隠れた。オズベルさんがクスクスと笑う。

「オリフェドート達にとって、魔法契約は友好の証《あかし》。簡単には気を許したりしない」

「えー、それじゃあ、友だちにして？」

「我は仲介などしない」

「ちぇ……。ローニャはどうやって友だちになったの？」

きっぱり断られたオズベルさんが、今度は私に投げかけてくる。

「参考にならんぞ。ローニャはたらしだ。偉大な精霊をも魅了する」

「ラクレインったら、またそんなことを」

今日二度目の発言だ。たらしとは、人聞きの悪い。

「魅了するって言えば、悪魔だね。普通、悪魔は君みたいな子を好まないのに、なんでまた狙われてたの？」

悪魔の話に戻ってしまった。オズベルさんは封印については教えてくれないだろうし、私は肩を竦《すく》める。

「話せば長いのです……。シャーベットを作り始めるので、しばらく外しますね」

元はと言えば、精霊の森を襲撃した悪魔ベルゼータを阻止したことが始まりだ。

けれどそれについて語りたくはないので、シャーベット作りに集中させてもらうことにした。

いつの間にか、ロト達もキッチンに移動している。

皮を切り取った果物を氷の魔法を使って凍らせ、風の魔法で切り刻む。グラニュー糖を入れて、すり潰すようにかき混ぜた。

メロもロトも、作業を手伝ってくれる。

どちらも小さいけれど、果物の扱いには慣れていて、簡単に皮を剥いてくれていた。

お皿に少量だけ丸く盛り付ける。残りも丸く盛り付けて、メロ達とロト達の分に分けた。

「お待たせしました。フルーツシャーベットです」

ラズベリーのシャーベット、カシスのシャーベット、メロンのシャーベット、マンゴーのシャー

ベット、バナナのシャーベット。

甘い果物の香りで、いっぱいだ。

私が狙っていたさくらんぼはメロ達のお気に召さず、けれど彼らの好きな果物をたくさん用意してくれた。

「わぁー！　シャーベット祭りでもするのかい？」

「夏なので、冷たいものをメニューに加えるつもりです」

「精霊の森からの果物なんて、贅沢だなぁ。んー！　美味《うま》いね！」

夏仕様に書き変えたメニュー表を用意し、それぞれの席に置く。シャーベットの種類は書いていないけれど、気になったら皆さん聞いてくれるでしょう。

新たに置いたメニューを見ながら、オズベルさんが口を開いた。

「もっとお金取ってもいいんじゃない？　それに、こんなに多く出していいの？　こんな狭い店なのに」

「小さいと言ってください。だからこうして試食をしてもらっているのですよ。パンケーキに添えるものと、単品で出すものを多数決で決めてもらおうと思って」

「妖精だって十人十色で、決めるのは難しいでしょ」

テーブルの上にいる妖精さん達に目をやる。

奥のテーブルでは、メロ達がそれぞれに推しのフルーツシャーベットばかりを食べていた。手前側のテーブルでは、ロト達が、食べさせ合いっこをして楽しんでいる。

「日替わりか週替わりで、お試し期間を作って食べてもらえば？　その方が儲《もう》かりそう」

「そうですね……。パンケーキには、とりあえずバニラアイスとチョコレートアイスを添えて、フルーツシャーベットはお客様に選んでもらいましょうか」

「それでいいんじゃないか？」

ラクレインも翼の先で器用にスプーンを持って、シャーベットを食べている。

「お主の負担にならないのなら」と言葉を付け加えた。

「一つに絞れば負担も少ないわ。じゃあ……どれから行きましょうか？」

私は屈んでメロ達に問う。

「ラズベリー！」

「はい、ラズベリーね」

真っ赤なラズベリーシャーベットを食べているメロが、真っ先に高い声を上げた。

慌てたように、次から次へと声が上がる。うんうん、と頷《うなず》いてから、横に移動した。

「ということで、ロトの皆さん。シャーベット用のラズベリーの収穫をお願いしますね」

「あいっ！」

元気良く頷《うなず》いたロト達は、すぐにまた美味しそうにシャーベットを食べ始める。

本当に甘いものが好きなようだ。

「ねーねー。ローニャ」

試食のシャーベットを食べ終えた様子のオズベルさんが顔を上げる。

「夕食も作って！」

「……はい、いいですよ」

窓の外はだいぶ暗くなってしまっている。

もう夕食時だ。仕方なく、自分の分と一緒に作ってしまうことにした。

ラクレインもメロ達もロト達もそのまま残ったので、ご馳走を振る舞う。

人見知りの激しいロト達は、ずっとオズベルさんを警戒していて、警戒されているオズベルさんはそれをおかしそうに眺めていた。

そうして、一日を終えた。

2　何者。

ドムスカーザの街の隅にある獣人傭兵団の屋敷。一同が、まったりと仮眠を取るための談話室にて。

白金髪に狼の耳を生やした女性、セティアナに、黄緑色のジャッカルの獣人の姿で、少女にも見間違える格好をしたセスが抱き付いた。

「久しぶり！　セティアナ！」

「久しぶり、セス」

元気で明るい声を上げるセスに、ほんのりと微笑むセティアナ。

「いつまでいるの？　ねぇ！」

「さぁ……」

「部屋はいっぱい空いてるし、いつまでもいていいんだよ！」

「……」

セティアナは返事をすることなく、セスの頭を撫《な》でた。

「……しばらく来ないうちに、綺麗になった？　なんだか垢抜けたように感じるわ」

「あっ！　ローニャが綺麗にしてくれたんだよ！」

「ローニャ……あの喫茶店の店長？」

「そう！　店長さん！」

満面の笑みで頷《うなず》いたセスが、掌《てのひら》を出す。

「僕に魔法を教えてくれたんだよ！　僕、獣人にしては魔力がちょっと多いみたいでさ、ちっさい風の魔法なんだけど、使えるようになったの！　これで埃《ほこり》を掃除してる！」

旋風が、その掌《てのひら》の上にフッと巻き起こる。

「……すごいわね」

「掃除ができるほどの器用な魔法をセスが使えることがすごいよな」

「何さ！　リュセ！」

口を挟んだのは、ソファーに深く座った、純白のチーターの姿のリュセ。

貶《けな》されたことがわかっているセスは、ムスッとした表情になった。

「いえ、本当に器用ですごいわ」

「でしょう！」

セティアナの言葉に、セスの機嫌がコロッと直る。

「お嬢の方がもっとすごいぜ？　料理も魔法を使って仕上げるんだ。それに戦いの方も相当強い」

「……彼女、戦えるの？」

「剣も扱えるんだぜ。あー、手合わせしてみてぇな」

青い狼の姿のチセも会話に加わった。こちらはクッションに埋もれている。

「一体……何者なの？」

「それは本人に聞きなよ。頼みたいのは、しばらくあの店に通ってほしいってことだ」

「……よく、わからないのだけれど」

ローニャとの約束で、緑色のジャッカル姿のセナは彼女の素性を明かさない。

「私を、彼女の護衛につけたいのですか？　強いと言うのに？」

「？」

なんの話かわからないセスは、セティアナとセナの間で首を傾げた。

「護衛というほど大げさなことはしなくていいよ。ただついていていてほしい。彼女に復縁を迫る男がいてね、シュナイダーっていうのだけれど」

「浮気男な」

「しょうもねぇ男だよな」

セナに続いて、リュセとチセが吐き捨てる。

「どうやらローニャを落ち込ませるようなことを言うみたいだからさ、二人きりになるのを防いでほしい。強くても、彼女は優しいから……。どうせ暇でしょう？　喫茶店でまったりとローニャについていてよ」

「……」

「何？　嫌かい？」

セナが首を傾げれば、セティアナは口を開いた。

「いえ、ただ……セナ達にとって、相当大切な友人なのですね」

そう言って、セティアナは金色の瞳でセナ達を見回す。

各々、ソファーやクッションに腰を沈めて、眠ろうとしていた。

最後に目を留めたのは、会話に参加する気がないのか、もうすっかり瞼《まぶた》を閉じている黒い獅子の男性、シゼ。

彼からの反応がないとわかると、セナに視線を戻した。

「僕らにもう一つの家をくれた恩人……ってところかな。この街で僕らを受け入れてくれる人間は少ない」

「それは別に気にしていなかったはずでは？」

「君だって、集落の同性に目の敵にされても気にしないじゃないか」

呆れたように返すと、セティアナは一つ頷《うなず》いた。

「彼女は特別……ですか……」

そう呟き、俯《うつむ》く。

「まっ。そういうことー」

リュセが緩《ゆる》く相槌《あいづち》を打つ。

「……」

少しの間足元を見つめていたセティアナは、ようやく首を縦に振った。

「傭兵の仕事を手伝うつもりだったのだけれど、わかりました。ローニャさんを見守る役割を務めます。シュナイダーという男の特徴を教えていただけますか？」

「相変わらずかったいなー、お前。金髪で青い瞳、セスと同い年くらい、いかにも貴族の坊っちゃまって格好してるー」

チセは頭のうしろで手を組み、大きな欠伸《あくび》を漏らしている。

「貴族？」

「ローニャと親しくなってから聞いてみればいいよ」

セナが答えた。

「……親しくなる必要は、あるのですか？」

セティアナのその言葉に、セナ達は一斉にきょとんとした。一瞬の間を置いて、それぞれに口を開く。

「君も気に入るよ」

「そうだよ！　仲良くなれるよ！」

「お嬢を嫌う奴はいねえよ」

「そうだな、アイツは誰にでも好かれるだろ」

セナもセスもリュセもチセも、口々にローニャを褒《ほ》める。

その様子に、セティアナは目を伏せた。

「わかりました……努力はします」

「？」

セナが首を傾げる。言葉の意図を問われる前にというように、セティアナは言葉を続けた。

「以前泊まった部屋をまた使わせてもらいますね。皆休むのでしょう？　おやすみなさい」

「あっ！　僕もついていく！」

部屋をあとにするセティアナを、セスが追いかけた。

「……セティアナ、ローニャが気に入らないのかな」

「なんで？」

「さぁ……微妙な反応じゃなかった？」

「いつもの生真面目なセティアナ、だと思うけど」

リュセはセナにそう答えると、クッションに顔を沈める。

セナは首を傾げつつも、自分も休むことにした。

＊　❖　＊

「いらっしゃいませ。本日のオススメはラズベリーのシャーベットです」

新しく入ってきたお客さんを元気良く迎える。

「こちら、お試しメニューとなります。今週いっぱいは出す予定です」

来客のたびにそう繰り返しながら、接客と配膳をこなす。

忙しさに少し目を回しそうになりながらも、やりがいを感じていた。

夏でもホットコーヒーを頼むお客さんは、いつも通りのご注文。

甘いものを求めてきたお客さんは、ラズベリーシャーベットのひんやりとした甘酸っぱさに舌鼓を打った。

そして、バニラアイスやチョコレートアイス付きのパンケーキも好評。

温かなパンケーキと冷たいアイスの組み合わせ。私も好きだ。

いつもの賑《にぎ》やかな店内。

そんな中、見覚えのない女性のお客さんが入ってきた。

「いらっしゃいませ……」

新規のお客さんかと、一瞬思った。

しかし、どことなく、初めてとは思えない。と言うのも、初めて来るお客さんは大抵が珍しそうに店の中を見回すのだ。けれど、彼女はそれをしなかった。

大きなウェーブのついた長い髪は、艶《つや》やかな白金色。その髪に包まれた顔立ちはまさに美人と呼べるほど、凛としている。スッと伸びた鼻は高くて、アーモンド型の金色の瞳が私をまっすぐに捉えた。陶器のように、色白の肌。

格好は、この辺りでは珍しい、スーツ姿だ。白いブラウスとちょっとお洒落《しゃれ》なフリルの付いたデザインの上着。タイトなロングスカートには大きくスリットが入っていて、彼女が踏み出すと膝が見えた。脚も綺麗だ。

「その席、いいでしょうか?」

「あ、はい。どうぞ」

空席だったカウンターの左端の席を指差すその手も、細長くてとても綺麗。

その指先を眺めながら彼女の声を聞き、とある女性の姿が脳裏に浮かんだ。

「え？　誰だろう？」

「この街の人じゃないでしょ」

「うん、見たことない」

カウンター席を陣取っている三人組の女性客が、コソコソと話す。

この街の住人ではない。その推測は正しいのだろう。でも、私は彼女を知っていると思う。

「こちら、メニューになります。本日のオススメはラズベリーのシャーベットです」

「ホットコーヒー、一つ」

「かしこまりました」

注文を受けコーヒーを淹《い》れた。

彼女の前に置いてから、少し屈むようにして覗き込む。

「セティアナさんですよね？」

私の声掛けに、彼女は驚いた様子で目を見開いた。

「……よく、わかりましたね」

やはり、昨日来てくれた獣人のセティアナさんだ。

昨日は狼の獣人姿だったけれど、今日は人間の姿をしている。

「来てくださり、嬉しいです。まったりしていってくださいね」

「……はい」

笑顔でそう言えば、セティアナさんは元の落ち着いた表情に戻って頷《うなず》いた。

彼女から離れて、他のテーブルの済んだお皿を下げる。

会計をしてお客さんを白いドアから見送り、セティアナさんを振り返った。彼女はコーヒーに視線を落としたまま、飲んだ様子はない。

「あの、もしかして、猫舌でしたか？」

「え？　いいえ、別に……少しだけ冷めている方が好きなだけです」

「そうでしたか」

俯《うつむ》いているセティアナさんが、呟くように答えた。

狼さんですものね。

次は少し冷ましてから、提供しようかしら。

なんて思いながら、キッチンに戻る。

少し作業をしていると、セティアナさんがコーヒーを啜《すす》る姿が見えた。

気に入っていただけただろうか。

彼女は当分の間、この街にいるらしい。普段は集落で暮らしているけれど、そこに居づらい事情があって、獣人傭兵団さんの家に滞在するとか。

その間、親しくできたらいいな、と思う。

たぶん、彼女の方が年上だろうか。二十歳のリュセさんとチセさんとは敬語でなく普通に話していた。だから、それよりもう少し年上でしょう。

昨日も思ったけれど、落ち着いている女性だ。

スーツを着ているからだろうか。余計にクールに感じる。

仕事ができる人なのだろうな。

どんなお仕事をしているのか、趣味は何か。色々と聞いてみたい。

そんなことを考えながら、接客をこなす。

「店長さん。さっき言っていたオススメのシャーベットを一つ、お願いします」

「はい、ただ今」

コーヒーを飲み終えたセティアナさんが注文をしてくれた。

真っ赤なラズベリーシャーベットを、大きなスプーンで丸くすくって盛り付ける。

セティアナさんは、シャーベットのお皿を前にしても特に表情を変えることなく、静かに、そしてゆっくりと食べた。

お一人だからでしょうか。

セティアナさんは、黙々と、淡々としている。

同じ狼の獣人のチセさんとは大違いだ。彼は豪快に、そして喜んで食べてくれる。

他の女性のお客さんは、嬉しそうに食べてくれるのだけれど。

やっぱり落ち着いている。それともあまり気に入らなかったのだろうか。

ちょっと不安になってきた。

それでも、セティアナさんは完食してくれたので、口に合ったようだ。

良かった、良かった。

「コーヒー、美味しいですね。もう一杯いただけますか？」

「気に入っていただけて嬉しいです。すぐお持ちしますね」

スッと手を挙げて私を呼んだセティアナさんがまたコーヒーを注文してくれた。嬉しくなって、軽い足取りでキッチンへ戻る。

そろそろお昼だ。セティアナさん以外のお客さんは、会計を済ませて帰っていった。

「コーヒー、少し冷ましましょうか？」

コーヒーを載せたトレイを持ったまま、私は先ほどのことを踏まえて聞いてみる。

「？」

言葉が足りなかったようだ。

「その……魔法で」

「ああ、そこまでしなくても大丈夫です」

セティアナさんはそう断って、私の手からコーヒーカップを受け取った。両手で包み込む。まったりと、時間を楽しみたいタイプなのかしら。

「お客が私だけになりましたね」

他の食器をトレイに重ねていたら、セティアナさんから話しかけてきた。

「あ、はい。このあとは獣人傭兵団の皆さんが来る時間帯になるので、お客さんは途切れてしまうんですよ」

「ああ……彼らはこの街の嫌われ者ですから」

「んー、いい獣人さん達なのに、もったいないですよね。街の方々と仲良くするつもりがないのは、どうしてでしょう」

噂に尾ひれがついて恐怖の対象になってしまい、避けられている獣人傭兵団さん。何度いい人達だと言っても、お客さん達は態度を変えない。獣人傭兵団の皆さんも歩み寄ろうとはしないので、いつまでも関係が変わらないのだ。

「別にいいじゃないですか。他がどう思おうと関係ない。特別な、たった一人に受け入れられていれば……」

セティアナさんはそう言って、コーヒーを一口啜《すす》った。

「特別な、たった一人……ですか？」

「──その人だけに認められれば……それで……」

ほっと息をコーヒーに吹きかけるように呟く。

コーヒーの水面が揺れた。

「店長さんは様々な魔法が使えるとお聞きしました。その程度しか、あなたのことを教えてもらえませんでしたが……何者かお聞きしてもいいでしょうか？」

この話は終わりだと言うように、話題が切り替わる。

教えなかったということは、私の素性を言い触らさないようにしてくれたのだろう。

ドムスカーザの街の人達には、ただのローニャで通したい。

でも獣人傭兵団さんの仲間なら別だ。

私は、セティアナさんにも事情を簡潔に話すことにした。

「私は、ローニャ。元貴族令嬢です」

「貴族、令嬢……」

「はい。婚約者に婚約破棄されて、魔法学園を追い出され、ここに来ました。このことは、セナさん達も知っています。でも街の人には、秘密にしています。私は……ただのローニャでいたいのです。貴族令嬢のローニャではなく、この喫茶店のただのローニャ店長として、ここにいたいと思っています」

セティアナさんが腑に落ちたと言うように首を縦に振ると、その動きと一緒に髪も靡《なび》く。

「セナさん達の言う魔法は、魔法学園でトップの成績を維持するために得たものです。先ほどのシャーベットも、魔法で果物を凍らせて作ったものなんですよ。今の生活に、とても役立っています」

自己紹介はそれまでにして、トレイに積んだ食器をキッチンに運んだ。

戻ってから、隣に座る許可をもらう。セティアナさんの方を向いて腰を下ろした私は、逆に質問を投げかけた。

「セティアナさんは、何者ですか？」

互いに何者かを問うなんておかしな話だけれど、セティアナさんは答えてくれる。

「私はただのセティアナ。獣人族の集落では、長《おさ》の仕事を手助けしています。……過去を話すなら、そうですね、暗い話でも構いませんか？」

「セティアナさんがいいのなら、聞きます」

暗い話。頭をよぎったのは、十三年前、この辺りで起きた小さな戦争。

確か隣の国から流れてきた犯罪組織との戦争で、獣人の村が一つなくなるほどの被害があった。

そこが、セナさん達の故郷。その戦争に参加した彼らの親は、二度と帰らなかった。

ゼウスという名のシゼさんの父親と、このドムスカーザの街の領主である男爵様が指揮を取ったそうだ。その時には、街の人々も獣人達も力を合わせて戦ったのだ。

「十三年前のここの戦争は聞きましたか？」

「ええ、はい。シゼさん達の親を含む大勢の獣人の方も亡くなったそうですね……。だからシゼさん達は、ここで隣の国から流れてくる犯罪者を阻止するために、傭兵をしているとか」

「……そこまで、聞いたのですか」

コーヒーを飲み干したセティアナさんが、静かにカップを置く。

「戦争が始まる一ヶ月ほど前でしょうか……私の家は強盗の被害に遭《あ》い、親を亡くしました」

空のカップを両手で包み、淡々と感情を殺したような声で告げる。

「一人残された私を保護してくれたのが、シゼの両親でした」

「じゃあ……シゼさんとは一番古い付き合いですか？」

「そうなりますね。シゼの両親は、とても良くしてくれました。たった一ヶ月ほどでしたが……私の記憶には、鮮明に残っています」

「シゼさんは……幼いシゼさんはどんな風だったのですか？」

「……そうですね、今とさほど変わりません。無口でぶっきらぼうで……」

一度言葉を止めてから、セティアナさんは続けた。

「シゼは……私にとって兄のようで、父のようで、王のような存在です」

私は思わず、クスッと噴き出してしまう。

「あ、ごめんなさい。セナさんも同じことを言っていたので、驚きました。皆さんが、同じように感じているのですね。シゼさんは偉大な存在……」

「セナが……。……そのようですね」

シゼさんのことを王様のように慕っているのは、セナさんだけじゃなかった。

「皆さん、そういう絆《きずな》で結ばれているのですね」

「……ええ」

笑いかけると、セティアナさんも微笑んだ。

初めて見せてもらったその微笑はどこか悲しげに見えて、首を傾げる。

「あなたは優しい人ですね。――彼が気に入るのも無理もない……素敵な女性です」

「彼？」

誰のことだろうか。

シゼさんか、セナさん？　それとも……

考えていると白いドアが開かれて、カランカランとベルが鳴った。

顔を向ければ、そこにいたのは思いもよらない人物で、反射的に立ち上がる。

「やぁ、こんにちは。ローニャ嬢。久しぶりだね」

名をジェフリー。ジェフリー・ゼオランド。

この国、オーフリルム王国の現国王だ。

シュナイダーの伯父に当たる人だけあって、整った顔立ちはそっくりだ。青い瞳に、金髪。

落ち着いた青い色の燕尾服に身を包んだ彼は、護衛を連れていた。

とは言え、格好や護衛の数を見るに、お忍びのようだ。

さらにその後ろには、この街の領主である男爵様もいた。

深緑に艶《つや》めく髪を黄色いリボンで束ねて肩に垂らした、国王陛下と同じ年頃に見える男性。オスカリー・リース男爵様。

困ったような笑みを、私に向けている。

「お邪魔してもいいだろうか？」

国王陛下が、そう尋ねた。

ドアが開いた時の驚きは隠して、彼らを迎える。

「どうぞ。我が店にお越しいただき、とてもありがたく思います」

こうべを垂れながら、ここ最近の豪華なお客様を思い返す。

ジン国アラジンの王様の次は、この国の国王陛下まで来てしまった。

さて、国王陛下のご用件は、なんでしょうか。

3　脅し。

国王陛下は、やはりお忍びで来ているようだし、セティアナさんには外してもらいたい。けれど、どう伝えようか。

帰ってください、と言うのも失礼でしょう。

「リース男爵。お久しぶりです」

立ち上がったセティアナさんが、リース男爵様に一礼をした。

「えっ。セティアナかい？　久しいね。元気そうだ、相変わらず美しいね」

「リース男爵も、元気そうで何よりです」

リース男爵様は驚いたような反応をしたあと、笑顔になってセティアナさんに声をかける。

一方、セティアナさんは淡々と接している。クールだ。

「私は外した方がよろしいでしょうか？」

「そうしてもらえるとありがたい、いいかな？」

「はい。ローニャさん、これお代。ご馳走様でした」

すんなり席を外すことを承諾したセティアナさん。

国王陛下には只者じゃない雰囲気があるもの。何かを察知したのでしょうか。

「……！」

白いドアをくぐろうとしたセティアナさんが、足を止めた。

なんだろうと目を向けて、再び驚いてしまう。

そこには、シュナイダーがいた。

バツが悪そうな顔で俯《うつむ》いていたから、私と顔を合わせづらいとは思っているのだろう。

「失礼ですが……シュナイダーというお名前ですか？　私はセティアナと申します」

「あ、はい。自分が、シュナイダーですが……？」

意外なことにセティアナさんは、シュナイダーの名前を言い当てた。

二人は初対面のはずだし、私もまだシュナイダーのことは話していないのに、どうして……

「そう、あなたがシュナイダーさん。少しお話を聞いてほしいのですが……いいですか？」

「えっと……」

先ほどまでの淡々とした様子とは異なり、物腰柔らかく、セティアナさんが誘う。

シュナイダーは、国王陛下をうかがうように視線を送った。

国王陛下は一度私に目をやってから、シュナイダーに頷《うなず》いてみせる。

「わかりました」

国王陛下の反応を受けて、シュナイダーとセティアナさんが店をあとにした。

二人と入れ違いに、今度は美少年が入ってきた。

シュナイダーに似た、しかし幼さの目立つ年下の少年を見て、自然と顔が綻《ほころ》ぶ。

少年の方も私を見て、満面の笑みを咲かせた。

「ローニャお姉様！」

この国の王の後継者、王子のジェレミー・ゼオランド。

サラサラとした金髪は、ボブヘアー。耳には青いサファイアの雫型《しずく》のピアスをぶら下げている。

身長は私より少し低い。歳は、たしか十三歳。

私の目の前まで駆け寄って来たかと思えば、寸前で立ち止まり、大きく腕を広げた。抱擁《ほうよう》の許可を求められているみたい。

私も喜んで腕を広げた。するとすかさず、ギュッと抱き付いてくる。私も同じくらいの力で抱き締めた。

私をお姉様と呼び、慕ってくれる子。

「ジェレミー殿下、お久しぶりです」

「お久しぶりです！　ご無事で良かった……ずっと心配していたのです。どうして、僕に手紙をくださらなかったのですか？」

十分に抱擁《ほうよう》して離れると、ジェレミー殿下がむくれて言う。

私は頭を下げた。

「まぁ……案じてくださり、ありがとうございます。ご心配をおかけして申し訳ありません」

「寂しかったです……」

しょぼんと浮かない表情をする。前から、王子としての務めを果たしている時は大人びているのに、私の前ではこういう表情をしてくれていた。変わっていない。

「寂しがってくださり、ありがとうございます。ジェレミー殿下」

笑ってみせてから、私は国王陛下に視線を向ける。

「私を心配して会いに来てくださったのでしょうか？　ああ、何か召し上がりますか？　お話は食べながらということで、いかがでしょうか？」

「父上！」

ジェレミー殿下がキラキラした眼差しで、国王陛下の同意を待っていた。せっかく喫茶店に来てくれたのだから、何かを口にしてほしい。

「ここはコーヒーが一段と美味《うま》いんだ、ジェフリー陛下。喫茶店に入ったからには、あなた様もお客だ」

「ああ、もちろん。いただこう」

「光栄です。カウンター席にどうぞ」

リース男爵様の口添えもあって快く頷《うなず》いてくれた国王陛下のために、セティアナさんの使ったカップやお金を回収して、サッとテーブルを拭いた。

カウンター席に、右からジェレミー殿下、国王陛下、リース男爵様の順に座る。

護衛の騎士さん三人は、白いドアの前を固めていた。

どうやら、普段この時間は獣人傭兵団さんが独占していることをリース男爵様から聞いているようだ。

オズベルさんがまたドアを通らず魔法で店に入ってきたら、とんでもない状況になりそうだわ……

唐突に現れた見知らぬ魔法使いに騎士達は剣を抜くだろうし、貴族を心底嫌っているオズベルさんが王族に対して敵意を剥き出しにしてしまわないか。

今日は来ないことを祈ります。

「コーヒーを三つ、でいいでしょうか？」

「はい。あとローニャお姉様のオススメをください」

「本日はラズベリーのシャーベットをオススメしています」

「いいですね！　では、それをください」

無邪気な笑顔でジェレミー殿下が注文をしてくれる。

リース男爵様も国王陛下も、同じくシャーベットを食べてくれるそうだ。

まずコーヒーを運んだあと、シャーベットを三人分、お皿に盛り付けて提供した。カウンターの中で、美味しいと言いながら味わってくれている様子を眺める。

「……国王陛下。王妃様の体調はいかがですか？」

王妃様は生まれつき病弱な体質のお方。ご懐妊して、そろそろ出産予定日のはず。十三年前、ジェレミー殿下の出産の時にも苦労なさっていたと話に聞いた。

「健康的だと医者に言われたよ。でも、君を心配している。妻にとって、君はもう家族同然だったからね」

「王妃様にも大変な心配をおかけしてしまいましたか……申し訳ございません」

私は深く頭を下げた。

私のことで王妃様の健康が損なわれなければいいのだけれど……

「頭を上げてほしい。ローニャ」

国王陛下の言葉に、頭を上げる。

「本題に入りたい。いいかな？」

「はい」

カップを置いて手を組んだ国王陛下は、真面目な顔付きになった。

国王陛下がわざわざこの辺境の喫茶店まで私に会いに来た理由だ。自然と背筋が伸びる。

「ローニャ、君はミサノ・アロガ嬢に嫌がらせをし、他の令嬢にも嫌がらせの指示を出し、それを暴かれて生徒達の目の前で婚約破棄された。そして学園を追い出され、ガヴィーゼラ家に絶縁されたのだろう」

ああ、その話か。

今国王陛下が言った内容は、表向きの話だ。私はそのままで良かったのに、真実が別にあるということが知られつつある。

確か、私の元取り巻き令嬢達が、白状してしまったのだっけ。ミサノ嬢に強要されて嘘の証言をし、私の断罪に加担してしまったと。

「君に指示をされたと証言した令嬢達が、本当は、ミサノ・アロガ嬢に拷問を受けて、君の指示で嫌がらせをしていたと証言するよう、強要されたと告白したそうだ」

やっぱり。

「事実を教えてほしい。ローニャ。君は偽《いつわ》りの証言で濡れ衣を着せられたのかい？」

「……」

問い詰めるような声音の国王陛下に、私は笑みを崩さなかった。

肯定も否定もしないように。

困ったものだ。元取り巻き令嬢も、嘘の証言を貫いてくれれば良かったのに。どうして白状してしまったのでしょう。私が全部罪を背負って、彼女達の罪は軽くなったと言うのに。

私が真実を話せば、今度はミサノ嬢が罪に問われる。それも避けたい。

しかし、拷問して証言を強要したことまで知られていては……

「ローニャ」

「ローニャお姉様？」

国王陛下とジェレミー殿下が、口を閉ざしたまま微笑む私に、答えを急かす。

国王陛下に嘘をついては、それこそ罰を受ける。

かと言って、私は真実を話したくない。

「ローニャお姉様が誰かに嫌がらせをするなんて、ありえません。そんな人ではないと、一番理解していたはずなのに……シュナイダー兄さんは……」

ジェレミー殿下が嫌悪を含んだ表情で俯《うつむ》き、シュナイダーの名前を出した。

「真実を話してください！　ローニャお姉様！」

ジェレミー殿下の無垢な眼差しが眩しい。

どうしようかと心から困っていると、救世主が現れた。

カウンターの上に置いてある砂時計の隣に、白い小さな光の円が現れる。

そこからひょこっと飛び出したのは、一人の蓮華《れんげ》の妖精ロト。

てってってーん。という効果音がぴったりな、両手を挙げての決めポーズをした彼は、登場して早々に国王陛下と対峙《たいじ》することとなった。

一時停止したロトだったけれど、ぶるるるっと震え上がると、慌てた様子で出てきたばかりの白い光の中に飛び込んでしまう。

「今のは……妖精かい？」

と、リース男爵様。

「しまった……」

その隣で、国王陛下が少し顔色を悪くした。

そして、騎士達を振り返る。

「何が起きても、剣を抜くんじゃないぞ」

国王陛下の深刻そうな指示に、騎士達が頷《うなず》く。

すると、店の中心に、つむじ風と共に白い光を帯びた木の葉が無数に現れた。

パッと光が弾けるように登場したのは、精霊。

シルクのような羽織りをまとった、二メートルを超えるほどの長身の男性。若々しい枝の色のような肌を持ち、艶《つや》めく蔦《つた》色の長い髪が靡《なび》く。その頭には、鹿の角のような白い枝の冠《かんむり》を被っている。瞳は大きな宝石を埋め込んだようなペリドット色。

「我が友ローニャに、二度と関わるなと言ったはずだ！　人間の王よ!!」

「精霊オリフェドート様……」

怒号を飛ばすオリフェドートに、ジェレミー殿下とリース男爵様が萎縮したように胸に手を当ててこうべを垂れた。

「ローニャ！　何も言わなくていい！」

オリフェドートは私の隣に移動すると、さらに口を開く。

「人間の王！　これ以上ここに居座るなら、この国を滅ぼすぞ!!」

とんでもない脅しをかけるものだから、私はギョッとしてしまう。

私だけでなく、一同が息を呑んだ。

オリフェドートならば、可能なことだ。偉大な緑の精霊には、一国を砂漠と化すことくらい簡単にできてしまう。

「オリー」

私は、友として許された愛称で彼に呼びかけた。

いくらなんでも言い過ぎだ。

私のために、国王陛下をそんな風に脅さなくても……

「ローニャは黙っていていい！　何も言うでない！」

「……」

唇に枝のような人差し指が押し付けられた。

私が口を挟むと悪化してしまいそう。

ここは波風立てずに、国王陛下に引き下がってもらおう。

幸い、国王陛下は賢明な方だ。国のために、これ以上オリフェドートと対峙《たいじ》することはしないだろう。

ごめんなさい、という意味を込めて、オリフェドートの陰から会釈をした。

国王陛下が、苦い笑みを零《こぼ》す。

「もはや、お主らの世界とローニャは関係ないのだ。ローニャを連れ戻すという考えを、頭の中から消し去れ」

「……無理に連れ戻すことは、考えておりません。精霊オリフェドート」

国王陛下は、そう返した。

「ただ我が妻がそろそろ出産予定でして、その前にローニャの無事を自らの目で確認したいと希望しておりまして……」

王妃様が、私に会いたいと言っている。

もちろん、身体が弱く出産を控えた王妃様が遠出するのは良くない。だから、私の方から会いに来てほしいのだろう。

けれど、王都に戻ることを考えただけで、家族と鉢合わせしてしまう不安がよぎり、思わずオリフェドートの羽織りを握った。

万が一にでも、会ってしまうことが、この上なく怖い。

だから、私は王都に戻りたくないのだ。

「……だめだ！　我が許可しない!!」

私の気持ちを察したオリフェドートが、代わりに断ってくれる。

「申し訳ございません、国王陛下。王妃様を安心させたい気持ちはあるのですが……そもそも、もう会える身分でもございません」

私はもう一度、頭を深く下げた。

「そんなっ！　身分なんて関係なく、ローニャお姉様にお会いしたいだけなんです！」

それまでオリフェドートをちらちらとうかがい口を開けない様子だったジェレミー殿下が、私を見上げて言う。

「貴族令嬢でも、身内の婚約者でも、ただのローニャでも、問題ではない。王妃の出産を理由に、ローニャを連れ戻そうとするな」

しかし、オリフェドートはあっさりと一蹴してしまう。

「……そう誤解をされましたか。そんなつもりではなかったのです。精霊オリフェドート、お許しを」

そこで、リース男爵様が挙手をした。

「あー……発言をしてもよろしいでしょうか？　私はリース男爵です、オリフェドート様」

「許可しよう。……確か、獣人傭兵団の雇い主だな」

「はい、その通りです」

じろーっと睨《にら》み下ろしながらも、オリフェドートは発言を許す。

「ローニャお嬢さんを友として大事にするならば、彼女を貶《おとし》めた張本人に、罰は与えないのですか？」

「オスカリー……」

ミサノ嬢への罰を与えないか、という提案だ。

「ふん。ローニャが望んでいるなら、とっくにそうしている！　前にも言ったが、人間の王よ！　ローニャが望まない、ただそれだけで生かされていることに感謝しろ！」

一同の視線が、オリフェドートから私へと移った。

国王陛下は私の意思を聞きたがっているようだったけれど、またもオリフェドートが盾となってくれる。

私としては、私が嫌がらせを指示したことにしておいてほしい。元取り巻き令嬢達が嘘の証言を貫いてくれれば良かったのに。

そうすれば、シュナイダーも私の元を訪ねて来なかっただろう。

本来の筋書きなら、私が嫌がらせの首謀者。それが正解なのだ。

悪役令嬢だった私の役目。

私一人が罪を背負えば、それで良かった。

肯定すれば、ミサノ嬢に罰が与えられてしまう。

かと言って、国王陛下に嘘を言うのも、無理だ。だから沈黙するしかなかった。

「……さぁ、帰れ」

私が何も言わないうちにというように、オリフェドートが追い立てる。

別の話題であれば、ここはまったり喫茶店なのだから、まったりしてほしい。

オリフェドートの陰から出て引き留めようとしたけれど、国王陛下達は腰を上げてしまった。

「美味しかったよ、ローニャ」

「……ご馳走様でした、ローニャお姉様。会えて、とても嬉しかったです」

国王陛下も、ジェレミー殿下も、そう言ってくれる。

「そうだ、お土産に紅茶はいかがでしょうか？　お湯を注《そそ》ぐとカプセルの中のお茶っ葉とお花が出てくるようになっていて、目でも楽しめる商品となっています」

私は小袋に入った紅茶を両手に持って差し出した。

「母上が喜びそうですね！　ぜひ買わせていただきます。それにしても、素敵な店ですね。ローニャお姉様と同じで、穏やかな雰囲気があっていいです」

やっぱり、笑顔が眩しい子だ。褒《ほ》めてくれるジェレミー殿下から、金貨を渡され、戸惑う。

「こんなにたくさん、もらえません」

「いいんだ、受け取ってくれ」

すんなりもらうのも申し訳なく、あるだけの紅茶を入れて騎士達に渡した。それでもお釣りは出るのだけれど、チップだと言う国王陛下に笑顔で断られてしまう。

ジェレミー殿下の頭を撫《な》でてあげたいけれど、今はやめておこう。相手は、王子だもの。国王陛下も目の前にいる。

「ご来店ありがとうございました。国王陛下、ジェレミー殿下、リース男爵様」

「許されるなら、また」

オリフェドートを気にしてか、国王陛下は最後まで言わなかった。

「また来るなんて、暇だと思われる。やめておこう」とリース男爵様がやんわりと止めてくれる。

ジェレミー殿下は、ただ寂しげな笑みを浮かべていた。

護衛の騎士達が先に店を出て行き、カランカランとベルを鳴らして白いドアが閉まった。

あまり大事にならなくて良かった。ほっと胸を撫《な》で下ろす。

そして、背後で未だに睨《にら》みを利《き》かせているオリフェドートを振り返った。

「オリー。脅すのは良くないです」

「事実を言ったまでだ！　グレイとローニャがいなければ、この国などとうに砂漠と化している！」

今、私の顔はきっと、眉尻の下がった困り顔になっているでしょう。

オリフェドートは、カウンター席でふんぞり返った。

「ローニャさえ望めば、例の令嬢を――」

「望みませんから」

私はオリフェドートの言葉を遮《さえぎ》って、答える。

「……そうだな」

オリフェドートが仕方なさそうに笑う。

私が望むのは、ただ一つ。運命の人同士、シュナイダーとミサノ嬢が結ばれること。

だからと言って、私が介入して何かをするつもりはない。

そもそも、私は物語から退場したのだ。

退場した私が、わざわざ二人の仲を取り持とうとするなんて、おかしな話。このまま、関わらない方がいいでしょう。

問題は私の冤罪について。それも、あやふやになってくれないと、私が困る。

一番は、騒ぎになって家族の耳に入ってしまうことが怖い。

その点は、国王陛下達にも理解してもらえているはず。レクシー達が、ガヴィーゼラ家に届かないように細心の注意を払ってくれていると思う。

それにお兄様には、もう顔を見せるなとまで言われている。連れ戻されることは、ないでしょう。

家族にとって、私は不要な存在。きっともういなかったことになっているに違いない。それが幸いだ。

「……」

「大丈夫か？　我が友よ」

頬に手を当てて俯《うつむ》くと、オリフェドートが心配そうに覗き込んできた。

「大丈夫」

私は微笑んでみせる。

「ランチでもどうですか？　オリー」

「いや、もう獣人傭兵団が来る頃だろう？　我は失礼する」

「あら、たまには一緒に過ごしてみたらどうですか？　楽しいですよ」

「……」

「どうかしましたか？」

「楽しいのなら、何よりだ」

にっこりと上機嫌に笑うオリフェドート。

そこで、またカランカランと白いドアのベルが鳴った。

来客だ。

「いらっしゃいませ」

私はちょうど獣人傭兵団さんが来たのだろうと、笑顔で振り返った。

そこにいたのは、いつも一番乗りのリュセさんではなく、純黒《じゅんこく》の獅子のシゼさん。

いきなりの登場に、私は緊張で固まってしまった。

心の準備が、まだ……！

傭兵団の黒いジャケットを肩のところで指に引っ掛けた純黒《じゅんこく》の獅子さんは、私を琥珀《こはく》の瞳でじっと見下ろした。

＊　❖　＊

「貴族はお金をかけて強さを身に付けているものとばかり思っていたのですが……」

セティアナは、タイトなスカートをポンと払う。

その頭には狼の耳、後ろには狼の尻尾を生やしていた。

「大したことないのですね」

「っ……！」

半獣姿のセティアナの前に膝をつくシュナイダーは、剣を支えにしている。目立った外傷はないが、シュナイダーはまともに立てないでいた。

二人は、一戦を交えたのだ。

「私が勝ちました。なので、金輪際、ローニャさんに近付かないでください」

「っ……！　なぜ、あなたにそう決められなければならないのですか⁉」

「勝負を始める前に言ったはずです。ローニャさんは彼らの大事な友人……彼の……」

最後の呟きは、シュナイダーには届かなかった。

「私が目を光らせています。なので……近付かないでください。言っておきますが、私は彼のためなら——人さえ殺せることを、忘れないでください」

その脅しに、シュナイダーは息を呑んだ。

セティアナの言葉は、本心だった。白金の髪を掻き上げると、狼の耳が花びらのように散り、尻尾も消える。

「彼とは……いや、なんで赤の他人にまで阻《はば》まれなくてはいけないんだっ！」

「自業自得では？」

「っ！」

シュナイダーが零《こぼ》した言葉に、セティアナは小首を傾げながらも、思ったことを口にする。

そう、自業自得なのだ。

セティアナは、白金髪を揺らして踵《きびす》を返す。

その後、シュナイダーはジェフリー王と合流し、国の安全のため、ローニャと会うことを禁じられたのだった。

4　気遣い。

この前のことや、昨日精霊の森でラクレインと話したことなどを思い出してしまわないように、必死に堪《こら》える。

じゃないと、平然を装えない。まともな接客どころか、挨拶《あいさつ》もできないかも。

緊張のあまり、指先や唇が震えそうだ。

ドアの前には、いつも通り威圧感のある純黒《じゅんこく》の獅子さん。

硬直したままの私の目の前まで歩み寄った彼は、黒いもふっとした手を伸ばした。思わず、ギュッと目を閉じた私の頭の上で、その手はぽふっと跳ねる。

ぽふっ、ぽふっ。

合計三回跳ねると、いつもの奥の席に座った。

……気を、遣われた……？

「おう、店長！　腹減った！」

次に入ってきたのは、真っ青な狼のチセさん。

豪快に笑ってみせたあと、私の背後に目をやってハッとした。

「あん⁉　精霊がいるじゃん！」

青い耳が、ビクンと震える。

「え？　オリフェドート！　どしたん？」

その後ろからひょっこりと顔を出したのは、純白のチーターのリュセさんだ。

目をまん丸に見開いたかと思うと、にんまりとした笑みになる。

「来てはいけないのか？」

「そうは言ってねーじゃん。一緒にメシ食べようぜ」

オリフェドートはむっすりとしつつも、リュセさんと肩を並べてカウンター席に座った。

「あれ、なんか忘れてる……お嬢？」

くるりと振り返ったリュセさん。

確かに忘れていることがある。

「いらっしゃいませ」

お出迎えがまだでした。いつものように、リュセさん達に笑顔を向ける。

振り返るとセナさんも入ってきたので、もう一度「いらっしゃいませ」と言った。緑色のジャッカルのセナさん。

「やぁ。……セティアナは？　来ていると思ったけれど」

「ああ、セティアナさんなら先ほど帰られたと思います」

「そう……」

店内を見回したセナさんは一つ頷《うなず》くと、オリフェドートに挨拶《あいさつ》してからいつもの席に座った。

オリフェドートも交えての昼食となった。注文を受けてすべての食事を配膳し、私もカウンター席に座って昼食をいただくことにする。

デザートは、ラズベリーのシャーベット。

「それで？　どうしたの？　オリフェドート。この前店に来た時は、病み上がりのローニャの様子を見に来ていたけれど、今回は？　精霊がひょいひょい自分の森から出て大丈夫なのかい？」

何かあってオリフェドートが来たと勘付いたらしいセナさんが、ラテを啜《すす》りながら声をかける。

オリフェドートがうかがうように私の顔を見るので、頷《うなず》いて許可を出した。

彼らに隠すことでもないでしょう。

席を立ち、シゼさんのコーヒーのおかわりを淹《い》れる。

「この国の王がローニャを連れ戻そうとしていたから、無理強いするなら国を滅ぼすと脅してやった」

オリフェドートがフンッと荒い息を吐き出した。

この国の王様が来たことに驚いたのか、国王陛下を脅したと言うオリフェドートに驚いたのか、リュセさん達が目を丸くする。

しかし次の瞬間には、リュセさんとチセさんが笑い出した。

「ぷはははっ!! 何それ、見てみたかった!!」

彼らには、面白おかしい光景に感じるのだろうけれども。

一歩間違えば国の一大事だった。笑いごとで済んで良かったとは思う。

「大丈夫だったのかい?」

セナさんが、私を気にしてくれる。

「国王陛下達には悪いですが、オリフェドートが守ってくれたので、大丈夫です。王都に戻ることは、私にとっていいことではありませんから……」

笑みを浮かべてみるものの、弱々しく感じられるかもしれない。

「オリフェドートが釘を刺したのなら、いいけれど……。あまりしつこいようだったら、王都を枯らしたら?」

意地悪な笑みを浮かべたセナさんの、悪い冗談。

それに乗るのは、にやりと口角を上げたリュセさんだ。

「やっちゃえよ、オリフェドート」

「ふむ、いい考えだな」

オリフェドートまで、悪い顔をする。

「だめです！　もうっ！」

くすくすと笑われてしまう。

皆、私の反応をわかっていて、そんな意地悪を言うのだ。

からかわれました……

夕方になり、オリフェドートと獣人傭兵団さんを見送って、ロト達に手伝ってもらい店じまい。

その夜、夢を見た。

王都に戻ってミサノ嬢を断罪し、シュナイダーと再び婚約を結ぶ。

そんな夢。特に怖い印象はないけれど、それでも嫌だと思った。

どうしても悪夢のように感じ、強引に目覚めて、飛び起きる。

まだ薄暗い部屋で身体を起こした私は、ほっと胸を撫《な》で下ろした。

悪夢と思ってしまうほど、私は王都に戻ることを怖がっているのだろう。

今の夢をそう解釈し、気を取り直してもう一度ベッドに身を沈める。

私にとって、ここが安息の地だ。戻りたくはない。

もう戻る場所ではないと、思っているのだ。

「……よし！」

しばらくまどろんでから、少し早いけれど、朝の支度を始めた。

夏用のドレスを着る。薄黄緑色のドレスは、クローバーの柄が刺繍《ししゅう》されたものだ。

エプロンをキュッと締めて、ロト達と一緒に店を開ける準備をする。

今日もラズベリーのシャーベットを、氷の魔法で用意。

下準備を終えたら、次は私達の朝食を作る。

スコーンとラズベリーのジャム。そして、薔薇《ばら》に似た赤い花が沈むローズティー。昨日ジェレミー殿下へお土産に渡した紅茶はこのシリーズだ。

スコーンを小さくちぎって、ジャムを載せて口に運ぶ。

そこで、コンコンとノックの音が聞こえてきた。

開店には、まだまだ時間がある。白いドアの窓から覗いて、私は自然と笑顔になった。

ロナードお祖父様《じいさま》だ。

「お祖父様《じいさま》！　おはようございます！」

「おはよう、ローニャ」

私は白いドアを開けてお祖父様《じいさま》を招き入れると、ギュッと抱き着いた。

大好きなお祖父様《じいさま》だ。

後ろには、ラーモがついていた。ラーモは、私の護衛兼お世話係をしていた青年だ。今はお祖父《じい》様《さま》の護衛についている。

「ラーモも、おはよう」

「ローニャお嬢様、おはようございます」

にこっと笑みを送れば、ラーモが一礼する。

以前まではこの場所を家族に知られないよう、お祖父様《じいさま》もあまり店には来ないようにしてくれていた。

けれど、今となってはお兄様にもシュナイダーにもここは知られてしまったから、もうお祖父様《じいさま》達は長居ができる。

話したかったことを、たくさん話そう。

「ええっと……朝食がないのですが」

「大丈夫だよ、ローニャ。済ませてきたから」

「あっ、店で出している紅茶はいかがですか？」

自作なのだと話しながら、二人に自分が飲んでいたのと同じ紅茶を淹《い》れる。

カップの中で開いた花を見て、お祖父様《じいさま》は「綺麗な紅茶だ」と褒《ほ》めてくれた。ラーモも「すごいですね……」と驚きに目を瞠《みは》りつつ、じっと眺めている。

「精霊の森の妖精さんに花を選んでもらって、初歩的な保存魔法をかけているのです」

「今でも、いい関係を保っているんだね」

「はい、昨日も精霊オリフェドートが昼食をとってくれました」

お祖父様《じいさま》の言葉に、私は彼が昨日来たことを話した。

と、「ゴフッ!!」とラーモがローズティーを噴き出しかけた。すぐに、「大丈夫ですっ」と話を続けるように言う。

そうして、なぜか、そわそわした様子で店内を見回している。

……オリフェドートの名前に、動揺しているのかしら。

「精霊オリフェドートは、よく来るのかい？」

「いえ、私のお見舞いに来てくれた時と……」

精霊オリフェドートが頻繁に森を留守にするのは、セナさんが言ったように、あまり良くない。

二年前、悪魔ベルゼータに襲撃されたこともある。けれど、幻獣ラクレインも森を守っているし、また悪魔が襲撃する可能性は限りなく低い。

昨日脅していたように、オリフェドートは緑を司《つかさど》る精霊で、彼なしでは世界は砂漠化すると言われるほどの偉大な存在だ。そんなオリフェドートの森に無謀にも危害を加えようとする者は、悪魔ぐらいなものだ。

「昨日は国王陛下達がいらしたので、それを聞きつけて来てくれたのです」

「国王陛下か……大丈夫だったのかい？」

オリフェドートが国王陛下を脅したなんて言ったら、ラーモが今度はカップを落としてしまうかもしれない。

苦笑を漏らすと、お祖父様《じいさま》が労《いたわ》るような眼差しを注《そそ》いできた。

「大丈夫でした」

そう答えておく。

「それならいいんだ。そうだ、友だちの話を聞かせておくれ。新しい友だちはできたのかい？」

「はい！」

ちょうどスコーンを食べ終えた私は、身を乗り出した。

誰のことから、話そうかしら。

まずは、同性のセティアナさんのことでいいだろうか。

「セティアナさんという年上でとても美しい方とお友だちに……」

はっと気付く。

私とセティアナさんは友だちという関係でいいのだろうか。

まだ会って三日だし、早いでしょうかね。

でも、互いに打ち明け話をして、距離は近付いたのではないかしら。

「どうしたんだい？」

お祖父様《じいさま》が、首を傾げた。

「あ、いいえ。あっ！　そろそろ開店準備をしないと」

「そうか、じゃあ私達は失礼しよう」

「え？　もっとゆっくりしていっていいんですよ？」

「ローニャの仕事の邪魔をしたくないからね」

「……そうですね、午前はたくさんのお客さんが来ますので、お祖父様《じいさま》とラーモもゆっくりできませんね」

残念だ。もっとお話できると思ったのだけれど。

仕方なく、私は二人をお見送りすることにする。

「次は定休日に来てください。新しい友だちのことをたくさん話したいです」

「そうしよう。これから、この辺りは王都に比べて暑くなるだろうから、身体には気を付けるんだよ」

「はい、お祖父様《じいさま》も」

お祖父様《じいさま》は、私の頭を優しく撫《な》でてくれた。

幼い頃から変わらない、優しい手付きだった。

白いドアを出て、二人が魔法道具で帰る姿を見送る。

顔を上げれば、燦々《さんさん》と降り注《そそ》ぐ陽射し。今日も暑くなりそうだ。

私は魔法で涼めるけれど、国境近くの荒野まで見回りに行く獣人傭兵団さんは、とても暑いだろう。ただでさえ、傭兵の証《あかし》である上着は熱がこもりやすい黒色。そして、彼ら自身がもふもふしているのだ。

昨日のシゼさんの手も、温かかった。

そういえば、皆さん、上着は脱いでいたっけ。

陽射しを浴びて深呼吸した私は、ぼんやりと考える。

今日も、気温が上がりそうだ。

シャーベットでおもてなししましょう。


今日も、セティアナさんが来店してくれた。もちろん、人間の姿。

今日は、セリーナことセスと一緒だ。二人でカウンター席に座って、シャーベットを堪能《たんのう》してくれている。

そうなるとカウンター席には座れないので、仲良し三人組のサリーさん、ケイティーさん、レインさんは右奥のテーブルに座った。

「暑いですねぇ、店長さん。あ、そのドレス、可愛いー」

「ありがとうございます。シャーベット、いかがですか？」

「もっちろん！　シャーベットで！」

元気なサリーさんを筆頭に、注文を受ける。

仲良し三人組も、ラズベリーのシャーベットを頼んでくれた。

すぐに飲み物と一緒に準備しようとしたところで、ケイティーさんに呼び止められる。

「あの、店長さん。エルフの人は、最近来ていますか?」

「ヴィアスさんですか? 彼は仕事が忙しいようです……」

エルフの人とは、間違いなく、オルヴィアス様のことだ。

ここでは彼が英雄オルヴィアス様であるとは明かしていないため、ヴィアスさんと呼んでいる。

オルヴィアス様はいつも旅人風の格好をしているから、仕事と聞いて三人とも不思議そうな顔をした。

エルフの国、ガラシア王国の王弟殿下。百戦錬磨の英雄だ。

この前は、悪魔が女王ルナテオーラ様に黒いジンを差し向けた。

奴隷にされた悲しき歴史を持つ青いジン。彼らの人間への恨みから悪魔が生み出した存在が、黒いジンだ。青いジンは触れた相手に幸福を与えるが、黒いジンは触れた相手に不幸を与える。

その黒いジンが、ルナテオーラ様に呪いをかけた。

私は以前、魔導師グレイティア様から呪いの解き方を教わり、それをルナテオーラ様に報告していた。

それで、私に助けを求めてきたのだ。

この国の国王陛下にも、アラジン国のジークハルト王にも、知られたくないため。

グレイティア様は国王陛下のもとで仕えているし、呪いを解くにはアラジンの国の青い薔薇《ばら》が必要だった。

国王陛下に知られればジークハルト王の耳にもおのずと入るだろう。

ルナテオーラ様は、そうなれば、ジークハルト王は自分を責めてしまうと思ったのだ。黒いジンが、ジークハルト王の責任ではなくても。

オルヴィアス様はその黒いジンを差し向けた悪魔を警戒していて、ルナテオーラ様から離れられないのだろうと思う。

確か、ルナテオーラ様のご息女、ご子息が、差し向けた悪魔を追っていると聞いた。

ルナテオーラ様によく似て強い方々だけれど、悪魔は狡猾《こうかつ》だ。そう簡単には、封印できないだろう。

「……この前、お会いした時に、忙しそうだったので」

それだけを返して、私は注文の品を運んだ。

一通りお客さんの対応をした私は、カウンターの中に戻る。

今日も可愛らしい短パン姿のセスが、むくれた顔をしていた。セティアナさんは、コーヒーを啜《すす》りながらそんなセスの横顔を見ている。

どうかしたのかと問おうとして、セスがオルヴィアス様を良く思っていないことを思い出した。

何か接点があったかしら。

「そうだ、今日はお兄様達も来てくれますか？」

セスとセティアナさんが、獣人族だということは他のお客さんには秘密だ。

そっと身を寄せて、内緒話をする。

セスの兄であるセナさん。獣人傭兵団の皆さん、今日は来るでしょうか。

セスも私の方へ身を乗り出して「んー」と、頬に人差し指を当てて首を傾げる。

「たぶん？」

身内だからと言って、彼らの仕事の状況がわかるわけではない。

荒《すさ》んだ隣国から流れてくる犯罪者などを入れないようにする傭兵仕事は、暇を持て余す時もあれば、過酷な戦いになる時もあるそうだ。最強と謳《うた》われる獣人傭兵団さんのことだから、負けることはないにしても、店へ来る余裕もないほど激しい戦いを繰り広げている時もある。

「なぜ気になるのですか？」

セティアナさんも少し身を乗り出して、そっと理由を問う。

「きっと、暑い中お仕事されているでしょうから……涼みに行こうとお誘いをしようかと思いまして」

獣人傭兵団の皆さんだけ、特別に。

「またお出かけ？　行く行く！」

セスは、目をキラキラと輝かせた。

「私、精霊の森に行きたいなぁー」

「精霊の森？」

「可愛い妖精がいるんだってー」

セスがセティアナさんの肩に凭《もた》れて、楽しげにコソコソと話す。

距離が近い。

獣人族ゆえなのか、セティアナさんがその距離に疑問を持つような素振りもない。

他のお客さんも会話を楽しんでいるから、精霊の森について話していても聞かれたりしない。

獣人姿だったら、長髪の黄緑色のジャッカルさんと、同じく長髪の白金色の狼さんか。普段からじゃれている仲だからこその距離感なのでしょう。

……間に、入りたい。

もふもふの二人の間に、入らせていただきたい。

微笑みを保つよう気を付けつつ、ちょっとの想像に浸らせてもらった。

セスはまだ一度も精霊オリフェドートの森に行ったことがない。知り合ったばかりのセティアナさんももちろん。

紹介がてら連れて行こうか。

そう考えているうちに、お客さん達がお会計のために席を立ち始めた。

その対応をしていると、母娘《おやこ》連れのお客さんがシャーベットのお持ち帰りを注文してくれた。

コーヒーのお持ち帰り用のカップに盛り付けさせてもらう。

「ありがと～」

手を振ってくれる女の子を見送って、午前の仕事は終わり。

あとは獣人傭兵団の皆さんが来るか待つだけ。

「楽しみだなぁー！　精霊の森！」

座ったままのセスは、細い脚をぶらぶらと揺らした。

「大丈夫ですか？　精霊オリフェドート様の森に行っても……」

「大丈夫だと思いますよ。私のことを信用してくれていますし、獣人傭兵団の皆さんのことも信用していますす。昨日も昼食を一緒にとりましたから」

「精霊オリフェドート様と……？」

聞いていなかったようで、少しだけ驚いた表情をするセティアナさん。

「精霊の森は割と涼しいですから、そこでまったりしましょう。もちろん、セナさん達次第ですけど」

「絶対行く！」

セスは乗り気だ。

「おっ邪魔しまーす」

そんな挨拶《あいさつ》と共に、カランカランとベルを鳴らして白いドアが開かれた。

そこに立っていたのは、耳が黒くて長い、カラカルというネコ科の動物の獣人。オレンジ色のカラカル。名前は確か、ラッセルさん。

「あっ！　ラッセルだぁ！」

「屋敷が留守だったので、ここだと思いましたー。こんにちは、店長さん」

「こんにちは、ラッセルさん」

私はまた幼い獣人さん達を連れてきたのかと期待を膨らませて、彼の足元や後ろを確認してしまった。しかし、今日はあのもふもふ天国は連れていないようだ。

「今日はお一人ですか？」

残念な気持ちが表に出ないように微笑みを浮かべて、希望を捨て切れずに問う。

「はい。今日はセティアナさんの様子を見に来ましたー」

「様子見はやっ！」

「暇だったんで」

セスのツッコミに、特に表情を変えることなく言葉を返すラッセルさん。

「長《おさ》の仕事は捗《はかど》っているの？　たくさんの求愛に対応してて仕事が手に付かないなんてことになっていないでしょうね？」

セティアナさんは立ち上がると、鋭い眼差しでラッセルさんを問い詰めた。

そういえば、集落の長《おさ》は黒豹で、たくさんの獣人の女性達が妻の座を狙っていると聞いた。モテモテのイケメンもふもふ。

「まーまー。集落のことは気にしなくていいんですよー。だいたい、セティアナさんが女性達をイチイチ一蹴していたら、長《おさ》は独身のままですよー。あの奥手でお人好しの長《おさ》さんは」

セティアナさんに臆することなく、気の抜けるような口調でラッセルさんが宥《なだ》める。

シゼさんのように寡黙《かもく》でかっこいい黒豹の獣人を想像していたけれど、どうやら違うみたい。奥手でお人好しな黒豹……

「あ、集落の長《おさ》はね、ボスに押し付けられる形で仕方なく長《おさ》の役割をやり始めたんだよ！　まぁ、元々優しいから人望はあるし、やればできるから適任だけどね。押しに弱いっていうか、ボスと比べたら頼りない長《おさ》なんだよね！」

「あら……そうでしたか」

ケラケラと笑うセスの話を聞き、ボスことシゼさんに長《おさ》の仕事を押し付けられた、ちょっと頼りない黒豹さんのイメージがどんどん変わっていく。

「セティアナさんはしっかりしていらっしゃるので、やはりセティアナさんがいないとその長《おさ》さんは困っていらっしゃるのでは？」

何から何までサポートする、仕事ができる女性のイメージが強いセティアナさんが不在で、きっと困っているでしょう。

セティアナさんも同じようなことを考えているのか、ラッセルさんに問うような視線を向けている。

「大丈夫ですからー。心配しすぎなんですよー。セティアナさんは長期休暇だと思って、羽を伸ばしてくださいー。……てか、てっきりセティアナさんのことだから、休むことなく、シゼ兄達の仕事を手伝っているとばかり思ってましたー」

首をこてんと倒したラッセルさんは、不思議そうにセティアナさんを見つめた。

シゼさん達の仕事を手伝う。つまりは傭兵の仕事。

それだけ、強いのですね……。さすがは獣人族です。

セティアナさんが、黒の上着を羽織る姿を想像してしまった。

「ちゃんと羽を伸ばしているわ。でも、長《おさ》の仕事が捗《はかど》っていないのなら、すぐに帰るわよ」

「セティアナさんは過保護すぎますよー。長《おさ》を甘やかさないでくださいー」

「……別に、甘やかしているわけではないわ。私は、集落をより良い場所にするために長《おさ》の仕事を手伝っていただけ」

解せない、といった表情で眉間にシワを寄せるセティアナさん。

そのまま、少し俯《うつむ》いてしまった。

「じゃあ、セティアナさんもちゃんと休んでいるようなので、ボクは集落に帰りますー」

「送るわ」

「いいですよー」

「長《おさ》に釘を刺しておいてほしいことがあるから」

「えぇー」

セティアナさんは「すぐ戻ります」と一言残すと、ラッセルさんと一緒に出て行く。

最後に見えたラッセルさんの顔は、露骨に嫌そうだった。

「面倒見のいい弟さん、って感じね。ラッセルさん」

セティアナさんはしっかり者の姉、ラッセルさんは心配症で面倒見のいい弟といった感じだ。

私の表現がおかしかったらしく、セスが噴き出した。

「？」

首を傾げていると、セスがまた身を乗り出してくる。

「内緒だよ？　ああ見えて、ラッセル……セティアナのこと、好きなんだよ！」

セティアナさんのことを、好き。

そうでもないと、わざわざ集落から様子を見に来ないだろう。

なんて思ったけれど、少し言葉の意味を考えた。

今セスが言った好きは、恋愛的な意味の好き。

「えっ!?　そうなんですか!?」

「ローニャ、驚きすぎ！」

またセスは、ケラケラと笑う。

「ちっちゃい頃からラッセルを見てたから、たまたま気付いたんだけどー。無表情でだるそうにしてても、いつもセティアナのことばかり見ててさぁー。今回も集落に居づらそうだったからここに連れて来たみたいだし、たったの三日で様子見なんて……うふふっ、大好きなんだよ」

長い付き合いだから気付けたのか、それともセスが目敏《めざと》いのか。

どちらにせよ、セティアナさんに想いを寄せているのは、本当のように思えてきた。好きだからこそ、心配して様子を見に来たのでしょう。

「じゃあ、長《おさ》さんから引き離したかったのでは？」

ふと思い付いて、憶測を口にしてみる。

「んーそれは違うと思う。セティアナも長《おさ》も、互いに恋愛感情はないだろうし……それに、セティアナにも好きな人いるよ」

「えっ」

「あ、これも内緒だよ？」

「あ、はい……」

セスはセティアナさんの好きな人の名前は挙げなかったけれど、どうやらラッセルさんではないようだ。

つまり、ラッセルさんの片想いか。

あんなに気遣っているのに、片想い。

セティアナさんが気付いている様子はなさそう。

これは秘密にしなくてはいけませんね。

5　涼しさをご所望。

セスと待っていると、セティアナさんが、ちょうど合流したらしいシゼさん達と一緒に戻ってきた。

今日も獣人の姿で来店したシゼさん達は、傭兵の上着を脱いでいる。

「精霊の森で涼む、か。いいね」

セナさんは、私の提案にそう賛成してくれた。

その言葉に、セスは飛び上がって喜んだ。

私のお店でいつものように昼食をとってから、移動魔法で精霊オリフェドートの森に向かう。

瞬きをする間に、空気が変わった。とても澄んだ、清らかな空気。

木の葉をこすれ合わせ涼しげな音を奏でるそよ風が、頬を撫《な》でる。

ジャングルと称した方がしっくりくるほど生い茂った森。燦々《さんさん》とした陽射しを遮《さえぎ》る木の葉が、ペリドットとエメラルドグリーンに透《す》けて輝く。

「わぁ！　ここが精霊の森！」

「……素敵ね」

セスは目を輝かせて、セティアナさんは腕を組んだまま森を見上げている。

初めてシゼさん達を連れて来た時を思い出す。彼らも、言葉を失うほど魅了されていた。

「この前昼寝した、お気に入りの場所に行くか？　どっちだっけ。でもそこだと暑いよな？　ポカポカしすぎてさ」

リュセさんが、キョロキョロと辺りを見回した。

「ええ、そうですね。夏だと、あの場所はとても暑いです」

以前、私が時間がある時によくお昼寝していた場所で、まったりしたことがある。大事そうに木々に囲まれた、緑一面の開けた場所。

うっかりそこで寝てしまったら、日焼けで痛い目に遭《あ》ってしまう。獣人族のもふもふがあれば、焼けるかどうかはわからないけれども。暑いことには変わりない。

「今日は、日陰でまったりしましょう。こちらの方に池があります。そのそばなら、この森の中で一番涼しい場所のはずです」

「池か。そういえばあったな」

私が歩み出すと、リュセさんとチセさんが先導するように先を歩き始めた。

興奮した様子のセスが、てくてくと弾んだ足取りで私を追い抜く。追い抜かれる際に、ふわりと綺麗な黄緑色の花が咲くように、変身した。不思議な光景だ。黄緑色のジャッカルが、長い髪を靡《なび》かせて先を行く。

その森と似た輝きを放つセスの髪に見惚《みと》れていた私の腰に、誰かが手を添えた。

誰だろうと、振り返ろうとした時。

もふっ。

右頬に、頬ずりをされた。

視界に入ったのは、黒。

純黒《じゅんこく》の獅子さんのお顔だ。

シゼさんの頬ずり。いきなりのアプローチ。

カッと、顔が熱くなる。ヨロッと倒れそうになるけれど、腰にさりげなく添えられたままの手で支えられた。

何事もなかったかのように、すっとシゼさんが私の前に出る。

熱く火照《ほて》る頬を押さえつつ、私も遅れないよう足を進める。

な、なんで不意打ち……？

ドドドッと、心臓が爆発してしまいそうなほど暴れていた。

シゼさんの特別なじゃれつき。

前方を歩くリュセさん達は、気付いていない。

けれども、後ろにはセナさんとセティアナさんがいることを思い出した。

恐る恐る振り返ると、セナさんにもセティアナさんにも、バッと顔を背けられる。

見ていらっしゃった……

無口なシゼさんのことだから、私とのことなんて報告していないだろう。きっと驚いたに違いない。

なんとか顔の熱を逃そうと、手で扇ぐ。

「池、はっけーん！　わぁ、涼しいー！」

そうしてしばらく歩いていると、セスの声と共に、涼やかな空気を肌で感じた。

「お、いい感じじゃん。……ん？」

セスに続いて背伸びをしたリュセさんが、私の様子に目を留める。

静かに歩み寄ると、顔を近付けてきた。思わず身を引くけれど、リュセさんはお構いなし。スンスン、と右頬の辺りを嗅《か》ぐ。

突然、ブワッと白い煙に包まれて、リュセさんが純白のチーターさんになった。それから、池を見下ろすシゼさんに、キッと目をやる。

「……お嬢！」

「わっ!?」

こちらに向き直ったリュセさんに、むぎゅっと抱き締められた。

思い切ったじゃれつき。

「何じゃれているのー!?」

後ろから聞こえてきたのは、セスの声。

そして、抱擁《ほうよう》だ。

純白のチーターさんに前から抱き締められ、黄緑色のジャッカルさんに後ろから羽交《はが》い締《じ》めにされる。

もふもふサンド！

激しく頬ずりしてくるのは、リュセさん。白いもふもふの柔らかさ。

あうっ。

「やめなよ。ローニャが暑いでしょ」

こちらへやってきたセナさんが、引き離してくれた。

「これから暑くなるんだから、じゃれるのは控えめにね。僕達だって、暑い時はじゃれないだろう？」

「まーな」

セナさんの言葉に頷《うなず》くのは、チセさんだ。

豪快にじゃれたがるチセさんも、夏の暑さには敵《かな》わないみたい。

「セティアナ、知ってた？　人間って、僕達獣人みたいにじゃれないらしいよ？」

「……そうなの」

セスの問いかけに、セティアナさんはぼんやりとした声で答えた。

獣人族にとって、じゃれつきは友好の証《あかし》。

私と親しくなるまで、獣人傭兵団の皆さんも、人間はそれほどじゃれ合わないことを知らなかった。

友好的なじゃれつき以外にも、親密な意味を込めたじゃれつきもある。私は最近になって、それを知ったところだ。

ちらりと、シゼさんの方を見てみた。

シゼさんは、手頃な木のそばに腰を下ろしている。

こちらを見つめる琥珀《こはく》の瞳は、まるで「こっちに来ないか？」と問うているようだった。

私は小刻みにブンブンと首を横に振って、お断りさせてもらう。

また火照《ほて》りそうになるのを堪《こら》えて、池の方に逃げた。

「こんにちは、ケビン、スティービー」

底が透《す》き通って見える浅い池は、淡い緑色の水草で煌《きら》めいている。その中から顔を出しているのは、池の妖精。蛙のような肌をしていて、真ん丸としたボール型の身体をしている。薄茶色がケビン、ちょっと緑寄りがスティービーだ。

にっこりと、大きな口の端を吊り上げて笑いかけてくる。

「チセさん、リュセさん、セナさん、セス、セティアナさん、シゼさんです。少しの間、ここで涼ませて」

ケビン達に、軽く紹介をした。

コクン、とケビン達が頷《うなず》いたので、お礼を伝える。

池の隅にあるのは、睡蓮《すいれん》だ。美しく咲き誇っている。

薄い桃色に色付く花びら。切れ込みの入った葉と共に、水面に浮いている。

それぞれが好きな場所に腰を下ろした。

せっかく獣人に変身したのに、半獣の姿に戻ったセス。

そんなセスと私は、ブーツを脱いでひんやりした池の中に素足を入れている。

その足に、ケビンがふざけて水をかけてきたから、セスも笑って水を蹴り返した。

「あの睡蓮《すいれん》、綺麗だね」

「ええ、ケビンとスティービーが世話をしているの」

ふと、セティアナさんもそばに立っていることに気付く。顔を上げれば、セティアナさんはやはり腕を組んだまま、木洩れ陽を見上げていた。

「セティアナさんも、どうですか？　気持ち良いですよ」

「いえ、私は結構です。誰かが見張っていないと」

「見張る？」

「セティアナは用心深いの」

なんのことかと問い返すと、セスが教えてくれた。

振り返ると、もうすっかり休んでいる獣人傭兵団の皆さんの姿がある。

彼らが無防備に眠っているから、セティアナさんが見張る……ということらしい。

「心配はありませんよ。危害を加えるものはこの森にはいません」

「いえ、どんな時も備えるべきです」

用心深くて、しっかり者だ。

なんの根拠もなく信用しろと言っても、難しいでしょう。

「この森は精霊のものです。力の強いラクレインという幻獣が守護しています。……二年前に悪魔が襲撃して以来、平和なものですよ」

「悪魔？　……比喩ではなく本物の、あの悪魔？」

セティアナさんの眉間にシワができて、片方の眉が上がった。

「悪の根源のような存在、不吉と破滅の象徴、人を惑わす魔力を持つ悪魔です」

「……幼い頃、滅びの黒地の話を聞きました。通常の魔物も近寄れない毒々しい瘴気《しょうき》に満ちたその地には、元は国があったのですよね？　悪魔のせいで衰退した国を救おうと、勇者と悪魔が直接対決をして、トドメを刺された瞬間に悪魔が土まで黒ずませるほどの魔力を放出したことで、滅びの黒地が出来上がった……と」

「そういう言い伝えです」

私は頷《うなず》いて、池の中に視線を戻す。

ケビン達は悪魔の話題を聞いて、浮かない顔をしている。

この森で怖い目に遭《あ》ったのだもの。そんな顔をするのも当然ね。

大丈夫、との意味を込めて、湿った頭を撫《な》でた。

「精霊オリフェドート様の森を襲撃するなんて……それは大事件なのでは？　世界を騒然とさせるほどの出来事だったはずなのに、そんな話、私の耳には……」

セティアナさんが、疑問に思うのも無理ない。

「実は、襲撃してきた悪魔を一度封印したのは私なのです。事情があって、伏せてもらうことになり……悪魔の襲撃も、私が救ったことも、秘密にしてもらったのですよ」

苦笑を浮かべて、私はセティアナさんをもう一度見上げる。

「令嬢時代の私にとって、精霊の森を救ったことは……とてつもない重荷になると考えたからです。仮に世界中には偉業だと賞賛されても、きっと家族は認めてくれません……さらなる偉業を、と際限なく求めてくるような両親でしたから。私はそれが怖くて、伏せてもらったのです」

「……そうでしたか」

私の気持ちを察してくれたのか、セティアナさんの左手がそっと肩に置かれた。

「ですが、令嬢をやめた今、その功績があれば引く手数多《あまた》なのでは？」

「いいえ、私はこうしてまったりしたいと、ずっと願っていたのです。なので、今もオリフェドート達には内緒にしてもらっています」

まぁ、ちょっとお酒が入ると他者に自慢話として話してしまうらしいけれど。

眠ってしまっている獣人傭兵団さんを振り返って、微笑みが零《こぼ》れる。

「その悪魔は……なんて言ったっけ？」

セスが話題を戻した。

「ベルゼータです。封印破りを得意としていたようで、私の拙《つたな》い封印魔法ではすぐに破られてしまい、そのたびに付きまとわれました。しかし、オズベルさんという魔法使いがオリジナルの魔法で封印してくれましたので、もう安心していいみたいです」

「オリジナルの魔法……凄腕なのですか？」

「はい。私が通っていた学園を、トップで卒業したくらいです」

そういえば、オズベルさんは昨日来ていない。

今頃、店にいたりして。もしかしたら、勝手にケーキを食べているかもしれない。様子を見に行きましょうか。

一度店に戻ろうと、池から足を引き上げようとした、その時。

「来ていたのか！　我が友よ！」

突然現れて辺りに声を響かせたのは、森マンタのレイモンに引っ付かれているオリフェドートだ。

「ん？　見慣れない娘だな……」

「あ、彼女はセティアナさんです。昨日話したでしょう？」

「お邪魔しております、オリフェドート様」

「なっ⁉」

セティアナさんに目を留めたオリフェドートは、深く頭を下げた彼女に、驚いたような声を上げた。

「獣人傭兵団にこんな礼儀正しい者がいたのか……⁉」

「オリフェドート、ちょっとうるさい。こっちは寝てんだよ……」

「……」

文句を言ったリュセさんを、オリフェドートがじとりと見る。

獣人傭兵団の皆さんは、偉大な精霊を前にしても態度を変えない。誰に対してもそうだ。雇い主のリース男爵様や、一国の王でさえも。

「私は厳密には獣人傭兵団ではありませんが、リュセ達の無礼については謝罪します。申し訳ありません」

「……いい獣人だな」

オリフェドートが、和んだような朗らかな表情をする。

「そういえば、ローニャ。あのエルフの英雄サマが仕事でお店に来てないって本当？」

セスがこちらを向いた。

ちょっとトゲのある呼び方だけれど、エルフの英雄と言えば、オルヴィアス様のことでしょう。

「オルヴィアス様なら……」

「この前、ローニャを拉致《らち》したのだろう？　全く……」

「しょうがなかったのですよ？　ルナテオーラ様の緊急の用件だったので」

名前を口にするなり、オリフェドートの表情が呆れているようなものになる。それに、少し怒ってもいるようだった。

「ルナテオーラ……オルヴィアス……エルフの女王とその弟？」

「はい」

「……大物ですね」

心なしか、セティアナさんが引いているように見えた。

え、あの、なんで引くのですか。

少し傷付きます。

「オルヴィアス様はきっと、ルナテオーラ様の護衛で忙しいのでしょう」

黒いジンの件は口止めされているので、それだけを言っておく。

「ふーん。このままずっと来なくていいのに！」

「……オルヴィアス様がお嫌いなのですか？」

「べっつにー」

セスがパシャンと右足を上げて、水飛沫《みずしぶき》を起こした。

木の葉の隙間から射し込む夏の陽射しでキラッと輝いた雫《しずく》達は、池に沈んでいく。

「まぁ、あやつの話より、リューだ。ここにも来ていないようだな……」

「リュー？」

オリフェドートの口から出た名前は、彼と私の共通の友人。

零《こぼ》した涙がサファイアになるフィーロ族の、愛らしい女の子である。

「リューは、来てませんね」

「そうか……そろそろ顔を見せに来ると思うのだが」

「大丈夫でしょうかね……」

フィーロ族は、その特性のせいで、悲しい過去を持っている。

青き者の悲劇と呼ばれる、百年前のことだ。妖精ジンを始め、青い宝石を生み出すフィーロ族も、奴隷として囚われていた。

今でも青き者を奴隷にしようと捕らえて売り捌《さば》くような悪い者はいるから、心配だ。

「大丈夫だ。リューはこの森に転移する魔法が使えるし、もしもの時はラクレインを呼べと、羽根も渡してある」

「……そうね」

オリフェドートの言う通りだ。リューは警戒心が強いし、大丈夫でしょう。

セティアナさんはリューのことを知らないので、彼女について軽く話しておいた。

リューは同族を知らない。だから、同族を探す旅をしている。各地を転々としているのだが、今のところまだ一人も見付かっていない。

ハンターなどに狙われるため迷惑をかけたくないからと、長居しないのだ。

まだ私の腰辺りまでしか身長がないのに、しっかりしている女の子だと話した。

……とは言え、リューが店に顔を出したのはそんなに前の話でもない。その時は送り出すパーティーができなかったのが残念だったけれど……気が向けばまた来るでしょう。

オリフェドートの用事はそれだけだったようで、すぐに去って行った。

また女性陣だけになり、話題が美容へと移る。以前セスに勧めたラベンダーの温水の話をした。

砂糖をたくさんまぶしたような甘いラベンダーの香りを思い出す。肌がしっとりすべすべになる、素敵な温水。

そのラベンダーの温水は、この森の精霊が手入れをしている白き龍の森にあるのだ。

一度だけチセさんとセスと三人で行った。

ようやく腰を下ろしてくれたセティアナさんも、ちゃんと耳を傾けて聞いてくれる。

セティアナさんの美容について尋ねたりして、時間はあっという間に過ぎていく。

結局、真っ赤な夕陽が射し込んでくるまで、お喋《しゃべ》りをしてしまったのだ。

すっかり陽が暮れてから店に戻ってもオズベルさんの姿はなく、来た様子もなかった。

今日も来なかったようだ。それとも私がいないと知って、帰ってしまったのでしょうか。次は書き置きをしておきましょう。


翌日、外はうだるような暑さだ。

おかげで、シャーベットがよく売れる。

私も働いていて汗をかいてしまうほどの、暑い日。お祖父様《じいさま》の言う通り、王都の夏と比べて、ここはとても暑い。

セティアナさん以外のお客さんが店をあとにした、十二時前。

セティアナさんに許可をもらってから、少しの間、冷房の代わりに凍らせた水滴を降らせる粉雪の魔法で店内を冷やした。

光の粒のような粉雪が降る店の中。

「素敵な魔法」

カウンター席から空中を見上げるセティアナさんの横顔は微笑んでいた。

魔法で生み出した粉雪。お気に召したようで、良かった。

魔法で作ったものなので、屋内に降っても水滴は残らない。ただ、空気に溶けて消える。

店内が快適な気温になったところで魔法をやめると、ちょうどいいタイミングで白いドアが騒がしく開かれた。

「あっちぃーっ!!」

リュセさんを先頭に、雪崩《なだ》れ込むように獣人傭兵団さんが入ってきたのだ。

人間の姿で、制服の黒い上着は脱いでいる。

リュセさんは、白のタンクトップ姿。

チセさんは、黒のタンクトップ姿。

シゼさんは、ボタン全開のワイシャツ姿。

三人とも暑さにうんざりした表情で、汗を垂らしていた。

「ごめん、店長……タオルくれるかい？」

最後に入ってきたセナさんも、ぐったりした様子でドアに凭《もた》れている。

セナさんは、襟《えり》付きの半袖シャツ姿だ。

四人揃って、普段から使わない左側のテーブルに黒い上着を放った。

私は言われた通り、タオルを準備して渡しに行く。

その間に、セティアナさんが上着を拾い集めてたたんだ。

「あれ……なんか、涼しいな、お嬢の店」

「ついさっき、魔法で涼しくしたのよ」

顔をタオルで拭《ぬぐ》い、純白の髪を掻き上げたリュセさんの言葉に、セティアナさんが淡々と返す。

「えー？　オレ達のため？　お嬢。嬉しー」

耳と尻尾をポンと出したリュセさんが絡もうとしてきた。

文字通り絡みつこうと、尻尾が伸びてくる。

その前に、チセさんが声を上げた。

「店長！　全然足りねぇーよ！　もっと涼しくしてくれよ！　それか昨日みたいに涼みに行こうぜ!?　あちぃーの無理!!」

「そうですね……」

タオルを首にかけたチセさんが嘆くように声を上げて、テーブルに突っ伏す。

また精霊の森に連れて行こうかとも思ったけれど、ふと閃《ひらめ》いた。

「そうだ、皆さん。お魚はお好きですか？」

「いや、全然」

「えっ」

リュセさんが、きっぱりと答えた。

私に動物の尻尾や耳が生えていたら、きっとわかりやすくしおれていただろう。

そうでなくても露骨に落ち込んだことが顔に出てしまったらしく、リュセさんとチセさんにゲラゲラと笑われる。

「どうして？」

言いながら、セナさんがコツンとリュセさんの頭に拳を当てる。

「精霊の森よりも、海に行って水遊びをすればより楽しいかと思いまして。ついでに、お魚を捌《さば》いて、海鮮料理を振る舞おうかと思ったのですが……」

「かいせん料理ってなんだ？」

「オレら、海に行ったことねーから、わかんね」

確かに、この近辺に海はない。

だから、リュセさん達は海鮮料理を知らないみたいだ。

海にすら、行ったことがない。

「海で獲《と》れる魚などを捌《さば》いて、そのまま頂く料理を指すことが多いです。私も一度だけ自分で魚を捌《さば》いて食べたくらいの腕前ですが、皆さんのためなら頑張りますよ！」

ちょっと昔に、前世のお刺身を思い出して食べたくなり、海に行って獲《と》った魚を捌《さば》いてお刺身にしたことがある。

でもチセさん達は、お魚よりお肉がいいかしら。

「え。魚を生で食べるの？　まじで？」

「大丈夫ですよ、新鮮な魚はプリプリしていて美味しいですから」

「まー……店長がそこまで美味《うま》いって言うなら？　食べてやってもいいけど？」

リュセさんは生でお魚を食べる発想についていけないみたいだけれど、チセさんは興味が湧いてきたようだ。

「魚なんて、焼いて食べるか、煮て食べるだけかと……」

セティアナさんも、興味を持ってくれたみたい。

「海のそばの街や国では、結構普通の食べ方なんですよ」

「そうだね、海辺の方が涼しそうだし、今日はローニャ店長のオススメをもらおうか」

「……」

セナさんがシゼさんの顔をうかがいつつ、決定を下した。

すでにテーブル席でくつろいだ様子だったシゼさんも、コクリと頷《うなず》いて立ち上がる。

上半身を軽く拭いていたシゼさんの逞《たくま》しい胸と腹筋に思わず見入っていた私は、そっと顔を背けた。あまり、見てはいけません。

「セスが喜びそうですが……」

「今日セスは友だちと約束がありますから」

「そうですか」

セスの喜ぶ顔を思い浮かべたけれど、先約があるなら仕方がない。

このメンバーで、行きましょう。

忘れずに、オズベルさんへの書き置きをしておく。

海に涼みに行く、と。

コツンとブーツを踏み鳴らして移動魔法を発動した。

途端に、昨日とは違う空気に包まれる。

湿った風は、潮の匂いがした。

目の前に広がるのは、水平線までが見渡せる、青い青い海だ。

夏の陽射しでキラキラと揺らめく波が押し寄せる砂浜。

ここには久しぶりに来たけれど、変わらない景色だ。

「へーえ、これが海かぁ……」

「すんげーな」

リュセさんとチセさんに目をやれば、口をあんぐりと開けて、呆然と海を見ている。

「ここは……どこですか？」

「シーヴァ国の外れです」

「滅びの黒地のそばの国？」

「はい、ちょうど、その反対側ですね」

セティアナさんは、結構な遠出に感心している様子だ。

「泳ごうぜ！　セティアナ！」

「……私は泳がないわ」

「海だぞ!?　水浴びしに来たんだから、泳ぐだろフツー!!」

「リュセと泳げばいいじゃない」

ニカッと笑いかけるチセさんに対して、クールなセティアナさんは断固拒否。

「けっ！　相変わらずつれねーやつだな！　行こうぜリュセ……って先に行くなお前!!」

二人が会話をしている間に、ブーツとタンクトップを脱ぎ捨てたリュセさんが海に駆け込んだ。

慌てたように、チセさんもブーツを脱ぎ捨て海に飛び込む。

呆れたように息を吐いて、セティアナさんは二人のブーツを揃え、リュセさんのタンクトップをたたんだ。

「それで？　ローニャ。どうやって魚を獲《と》るつもりなんだい？　魔法で釣り竿を出すとか？」

同じくブーツを脱いだセナさんは、ズボンの裾を折っている。

「いえ、魔法で獲《と》りますよ」

私はそう答えたあと、「こちらの海岸で涼むといいですよ」と、海を眺めているシゼさんを手招きした。

サクサクと砂浜を少しだけ歩く。ちょっとした洞窟のようになっている岩場に入り、シゼさんに休むよう勧めた。シゼさんのことだから、水浴びをしないと思って。

岩場の先で、海水に手を当てる。魔力を流し込み、水を包み込む。

そうして作った即席の海水クッションを渡して、シゼさんにはそれに凭《もた》れて休んでもらうことにした。

「どうやったの？」

「初歩的な魔法です。ただ魔力で包み込んだだけですよ」

「初歩的な魔法ですか……」

一緒についてきたセナさんもセティアナさんも、興味津々の様子で私の手元を覗き込んでいる。

「このクッションを、さらにさっき店内を冷やしていた粉雪の魔法で冷やすのもいいですが……十分冷えているようですね」

「……ああ」

シゼさんが、低い声で返事をした。

快適な冷たさのようで、海水クッションに凭《もた》れて目を閉じる。

「それでは、お魚を獲《と》りますね」

きっとすぐにチセさんがお腹が空《す》いたと声を上げるだろうから、急いでお魚を確保しなくては。

「私は人に触れれば、ある程度の魔力を感じ取れます。使い手によっては、触れただけで道具などに残るわずかな魔力で持ち主を特定し、さらに追跡することもできます」

私のお兄様が、後者だ。

「魔力で、魚の居場所を特定するってこと？」

「はい。こうして、石に魔力を込めます」

隣に立つセナさんに頷《うなず》いてみせてから、石ころを拾い、魔力を込めた。

セティアナさんは、また見張っているのか、シゼさんの五歩くらい前にいて、私を見つめている。

「魔力をギュッと込めた石を遠くへ投げ入れます」

大きく振りかぶって、えいやっと投げ込む。私としては、遠くに投げられた方だ。

「そして」

パチン、と指を鳴らす。

「石に込めた魔力を弾けさせて、海の中を把握します」

「なるほど」

「魔力は、そんな使い方もできるのですか」

目を閉じると、レーダーのように、自分の魔力が海の中の様子を教えてくれる。

泳いでいる魚の影が、数匹。

ん？　大きな影がある。これはもしや、鮫《さめ》かしら？

鮫《さめ》……フカヒレ……！

普通サイズの魚と一緒に獲《と》って、しばらく期間限定メニューにでもしようと決めた。

「続いて、水魔法を行使して、打ち上げます！」

水の魔法を発動。

渦を巻いた海水が、魚達を巻き上げて、宙を舞った。

煌《きら》めく雫《しずく》と陽射しが、小さな虹を作る。

ぺちぺちっと赤い魚や青い魚が砂浜に落ちたあと、ドスンと大きな影がすぐそばに落ちた。

しかし、それは、鮫《さめ》ではない。

「い、いててっ……」

ヒレがあり、尻尾があり、鱗がある。魚の下半身を持ってはいたが、上半身は人に近かった。尻尾の先のヒレは虹色、と言うより、オーロラ色と表現した方がしっくりする不思議な色合い。真っ青な光沢のある鱗は、海色だ。

腕には黄金の腕輪を付けていて、腰回りにはひらひらとした布をつけている。青緑色の髪は、波打つボブヘアー。三日月のデザインの耳飾りをして、首にはスカーフらしき布を垂らしている。

「ご、ごめんなさいっ!!」

慌てて駆け寄った。

こちらを見上げたのは、やはり人間の顔。そして、人間の上半身。

「お怪我はありませんか？　まさか……人魚さんがいるとは思いもせず、申し訳ありません！」

誠意を込めて、頭を下げた。

私が打ち上げてしまったのは、鮫《さめ》ではなく人魚だった。

この世界で生きてきて、十六年。いろんな種族に会ってきたけれど、人魚は初めてだ。

「あー大丈夫、オレは怪我してないよ」

にへらと笑うのは、男性の人魚さん。

怪我がないようで、私はほっと胸を撫《な》で下ろした。

6　海底のご馳走。

人魚の国は、もちろん海底にある。だからなのか、他国との交流が少ない。

伯爵令嬢であり、王弟殿下の子息の婚約者だった私は、交流の深い国の王族や貴族とそれなりに接してきたけれど、人魚には初めて会った。

あ、でも、変身の秘宝を使う訳ありの知人が人魚に変身した姿なら、見たことがある。

なんにせよ、きっとこの近くに、人魚の王国があるのだろう。

そう推測する理由は、彼の腕輪の紋様だ。

思わずセナさんに顔を向ければ、彼も同じ推測に至ったらしく、コクリと頷《うなず》いた。

学園の授業で習った、人魚の国を治める王族の紋様と酷似している。

恐らく、この人魚さんは……

「人魚……本物だわ」

「でも男じゃん、ロマンねーな」

「人魚ってさぁー……つえーの？」

じっとその場から動かないセティアナさん。

騒ぎを聞き付けこちらへやってきたびしょ濡れのリュセさんとチセさんが、遠慮なく人魚さんを覗き込む。

「あはは、初めて人魚を見る人は、女性の人魚の方がいいってよく言うよ」

明るく笑いかける人魚さんは、器用に、人間で言う膝立ちのような体勢になった。

首を傾げてチセさんに注目する。

チセさんだけ、獣人の姿をとっていたからだろうか。

見つめられたチセさんが、人見知りを発揮して少したじろぐ。

「君達は……獣人族かい？」

興味津々といった様子の眼差しで問う。

明かしてもいいのだろうか。私は、シゼさんを振り返った。

こちらのことは特に気にしていない様子のシゼさんは、魔力でコーティングした海水のクッションに凭《もた》れたまま。シゼさんも本物の人魚は初めて見るだろうけれど、いつも通りの反応である。

「僕達は獣人族。彼女だけは人間」

セナさんも同じようにシゼさんをうかがってから、そう答えた。

私だけ、人間。ちょっと不思議な紹介だ。

「ローニャと申します。どうもすみませんでした」

「いいって、怪我しなかったし。オレはスカイ。さっきは魚を打ち上げようとしてたのかい？　すごい魔法だったね」

「あ、はい。昼食にと思いまして……」

「そっか！　こんな美人さんに打ち上げられちゃって、オレも運がいいなぁ！」

なんて、スカイと名乗る人魚さんは、冗談交じりに笑う。

「これも何かの縁ってことで、どう？　昼食はオレの家に来ない？　海鮮料理をご馳走するよ？」

「人魚なのに、魚を食うのかよ？」

「リュセさんっ」

失礼なことを言うリュセさん。

そんな発言も、彼は笑って退ける。

「獣人だって、獣は食うだろう？」

「お。一本取られた」

リュセさんも、ケラケラと笑った。

「せっかくですが、いきなり大人数で押しかけるのは悪いですし……」

そう辞退しようとすれば。

「全然大丈夫！　オレの家、すっごく広いし、急なお客さんでも大歓迎だから！　気遣うことないよ！」

危うく怪我をさせそうになった私が頑《かたく》なに断るのも気が引けるけれど、本当に王族だとすれば、どうにか遠慮したい。

「むしろ来てよ！　暇してたんだ、ぱーっと宴《うたげ》でもしよう！　そうしよう！」

「ああ、えっと」

困ります！

「僕達は遠慮するよ。せっかく海鮮料理を振る舞ってもらっても、口に合うかもわからないしね」

どうしようかと焦っていると、セナさんがきっぱりと断ってくれた。

「え、なんで？　いいじゃん。行こうぜ？」

しかし、リュセさんは乗り気だ。

「人魚の家ってことは、海の中なんだろ？　前みたいに潜水の魔法で行こうぜ、お嬢のさ」

海に潜《もぐ》りたがっているみたい。

「お嬢？」

リュセさんの言葉を、人魚さんが繰り返す。

「あだ名だよ。いいところのお嬢様みたいだから、な？」

にやり、とからかうような笑みを向けてきたリュセさん。

「そう言われれば……姿勢や言葉使いがそれとなく、お嬢様って感じだね。その美しい容姿も洗練されているみたいで、ドレスをそれなりに豪華にすれば、まさにいいところのご令嬢だろうね！」

「あ、ありがとうございます……」

的を射たような彼の言葉に、リュセさんもチセさんもゲラゲラと笑う。令嬢としての姿勢が染み付いているのでしょうね。

「そちらの女性も、また違う美しさを持っているね！」

彼はセティアナさんに目を移した。

「……それはどうも」

狼タイプの獣人族って、皆さん初対面の人を警戒してしまうのでしょうか。

セティアナさんは、あまり心を開いていない様子。近付こうともしない。

「女性に人気なオススメスポットにも案内したいな！　行こう？」

にっこにこな人懐っこい笑みで、誘ってくる。

「なんかナンパされたみてぇー。行こうぜ？　面白そう」

やっぱりノリノリなリュセさん。

「だめよ、リュセ」

ノーと言ってくれるセティアナさんは、腕輪の紋様に気付いたのだろうか。

それとも警戒心から？

「なんだよ、セティアナ。お前が決めんな」

ボンと白い煙と共に現れた、黒いラインの入った純白の尻尾と耳の毛を逆立てて、リュセさんが怒る。

「セナとローニャさんは遠慮しているでしょ」

「はぁ？　行こうぜーお嬢ー」

途端に、猫撫《な》で声ですり寄ろうとするイケメン白猫さん。

あざといですね。

「どうせ海鮮料理を食べに来たんだし、いいじゃん」

確かに海鮮料理と涼しさを求めて来たけれど、人魚さんについての推測が当たっていれば、あまり行きたいとは思えない。

「あ、そうだ！　オレ、いいもの持っているんだ！　人間限定、人魚に変身する秘宝！」

「！」

秘宝と聞き、さらに推測が正しい確率が高くなった。

一般的な人魚が、秘宝を持っているわけがないもの。

たぶんセティアナさん以外の皆が、キャッティさんを思い出しただろう。

訳ありの知人というのがキャッティさんだ。彼女は追手から逃れるために猫の耳月人《みみつきびと》族に扮していた。

人魚さんはスカーフを外すと、その下のネックレスを見せた。真珠のような玉が並ぶネックレスは、艶《つや》やかな漆黒色。それを首から取る。

「なんで、そんなもの持っているんだよ？」

リュセさんが、首を傾げる。

「ん？　まー……オレの仕事のうち」

「もし守るために所持しているのなら、私に貸すべきではないと思いますが……」

「大丈夫！　君を信用して貸すからさ！」

そんなこと言われても。

「人魚に変身するお嬢、見たい！」

リュセさんが差し出されたネックレスを取り、躊躇《ちゅうちょ》する私の後ろに回って付け始めた。

「あ、あの、リュセさん。軽々しく秘宝を身に付けるのは、その」

良くないと思うのだけれど。

「できた。いいじゃん。持ち主がいいって言ってんだし。ほら、変身してよ」

「……やっぱり、お返しします」

パッと離れたリュセさんに促されるけれど、気乗りしない。

ネックレスを外そうと、後ろに手を伸ばした。

「ええ!?　なんで！　変身してくれよ、お嬢！」

また猫撫《な》で声を出すリュセさん。

「えいっ！」

人魚さんが私の首にかけられたネックレスに触れた。

魔力のこもった接触に驚いたのも束の間——身体中に熱が駆け巡り、私は変身した。

脚が、水色の鱗が艶《つや》めく魚の下半身になる。

いきなり両脚がなくなった私は支えを失い、目の前の人魚さんの方に倒れかける。けれど、その前にスッと割って入るように、セナさんが腕一本で支えてくれた。

「二人とも、強引すぎるよ。大丈夫かい？　ローニャ」

「あ、はい……ありがとうございます、セナさん」

リュセさん達を叱りつつ、私が立てるように支えてくれる。

リュセさんは尻尾をブンブンと振り回して、急に不機嫌になったようだ。

「ごめんごめん、でも楽しいよ？　人魚もさ。立つのは難しいけれどね。どう？」

「そうですね……確かに難しいです……私も種族を変えるような変身をするのは初めてですので」

セナさんに支えてもらいながら、私はなんとか一人で立とうとしていた。

クネクネしてしまう下半身。目の前の人魚さんを見習って、なんとかバランスを取る。

「……人魚に変身って、もっとこう……」

リュセさんが、私の胸元に注目していた。

意図がわからず首を傾げていれば、いつの間にか近付いていたセティアナさんのチョップがリュセさんの頭に落とされる。

「だぁ!!　いってぇな！」と、リュセさんはさらにブンブンと尻尾を振り回した。

「あ、立てました。……おっと」

「無理しないで」

「大丈夫ですか？　少し見てもいいでしょうか？」

なんとか一人で立てたと思ったけれど、やはりよろけてしまう。

今度はセナさんだけではなく、セティアナさんも支えてくれた。そんな彼女が、興味津々な様子で私の顔を覗き込む。

「どうぞ」と言いつつ、私も自分の姿を改めて見下ろした。

人目もあるのでドレスのスカートをめくり上げることはしないけれど、やっぱり下半身は魚になっているようだ。それ以外は、着ていたドレスもすべて元のまま。尻尾の先には尾ひれがあって、水色系のオーロラ色に艶《つや》めいている。

私の許可を得たセティアナさんは、耳の前に垂れた髪を退《ど》かして、私の顎《あご》を観察し始めた。

エラでもあるのだろうか。自分でも触れてみる。

「すごいわ。これが秘宝の力……獣人に変身することは当たり前に思えるけれど、人魚になるのではまた身体の作りが変わってきますよね。このまま、泳げるのでしょうか？」

「私もこういう変身は初めてですが……どうでしょう……？」

髪の毛を染める魔法や獣人化とはまた違い、エラができて下半身が魚になるのだ。かなり差があるだろう。

そう考えるとキャッティさんの持っていた秘宝は、相当価値の高いものだ。人魚どころか、獣人、そして幻獣にまで変身が可能なのだから。

今度会ったら、ぜひともじっくり拝見させてほしいものだ。

「泳ぐのは立つより簡単だよ！　行こう！」

「えっ！」

「ちょっと待ってよ！」

人魚さんに手を掴まれ、体勢が崩れた。

笑顔のまま後ろに向かって倒れた彼は、岩場から海の中へと落ちていく。

当然、手を掴まれた私も、まっすぐに青い青い海に飛び込む形で落ちた。

引き留めるリュセさんの声も、すぐ聞こえなくなる。

冷たい海水に包まれて、思わず息を止め、きつく目を瞑《つむ》った。どんどん沈んでいく。ブクブクと、耳元で空気の泡が上がっていく音が聞こえる。

「そんな風に目を瞑《つむ》らなくても、大丈夫だよ！」

海の中なのに、私の手を引く彼の声が、クリアに聞こえた。

思わず目を開くと、水の中、それも海水なのに、視界が鮮明だ。

目の前には、青緑色に波打つボブヘアーの人魚さんがいた。

「息だって、止めなくてもちゃんと呼吸できるよ！　地上と同じ！」

「あっ……本当だわ……」

すんなり、呼吸ができる。

地上にいる時とまるで変わらない。

冷静になって辺りを見回すと、海の中は陽射しでキラキラと煌《きら》めいている。下に向かって、薄い水色から濃い青色のグラデーション。

これが人魚の世界。いや、魚達の世界なのだろう。

水が冷たくて心地良い。

ドレスが水を吸って少々重たく感じるけれど、些細《ささい》なことと思える。自然と顔が綻《ほころ》んでしまう。

「ほら、泳いでみてー！　楽しいからさ！」

私から手を離した人魚さんが、スイスイーッと尾ひれを揺らして泳いでいく。

支えを失って少し沈んだ私も、最初は両脚をバタバタと動かすイメージでなんとか泳いだ。しばらく練習すると、コツが掴めたみたい。

なるほど、こんな風に泳げばいいのね。

空を飛ぶように、爽快だ。

透明感のある冷たい海の中を進んでいく。

一回転だってひょいっと簡単にできてしまう。やっぱりドレスが重いけれども、本当に楽しい。

人魚として海を泳ぐことが、こんなにも楽しいなんて。海の中は、鮮明で美しい。

くるくるとスピンしながら、比較的浅いところにある海底を目指す。

小さな魚や、珊瑚でいっぱいだ。

「人魚って最高だろう？」

同じく海底まで来た人魚さんが、本当に楽しそうに笑いかけてくる。

「変身して良かっただろう？　このまま、素敵な海底を案内するよ！　もちろん、友だちの獣人達も一緒に」

あ。しまった。

無我夢中で泳いでいて、すっかりセティアナさん達のことを忘れてしまっていた。

なかなか顔を出さない私を、心配しているかもしれない。

私はすぐに眩しいくらい明るい海面に向かって、スイスイッと浮上していく。そして海面を突き破るように、顔を出した。

「あっ！　お嬢！　大丈夫かよ⁉」

「全然出てこないから心配したよ」

「ごめんなさい、私は大丈夫です」

岩場は少し離れたところにある。リュセさんとセナさんに手を振って無事を伝えた。私ってば、夢中になりすぎだ。

平泳ぎをするように腕を動かすより、下半身で泳ぐ方が速いみたい。

「いいなぁ、お嬢だけ。この前の潜水の魔法で、オレ達も海の中に連れてってくれよ」

そばまで着いて、リュセさんのむくれた顔を見上げる。

「えっと、そうですね。皆さんが行きたいとおっしゃるなら」

私だけ楽しんでしまったから、皆さんのためにも人魚さんのお誘いに乗ることにする。

ふと目の前に手が差し出され、つい、誰のものかを確認する前に濡れた手で掴んでしまう。

グイッと引っ張られて、私の身体は海から引き上げられた。

その先にいるのは、シゼさんだ。

人魚になった私を横抱きにしたシゼさん。ドギマギしてしまう。

シゼさんは一度私と目を合わせたあと、海に視線を落とした。

「一つ、はっきりさせておこう」

シゼさんが声をかけたのは、人魚さんだ。

「こんな秘宝の守護者……お前は何者だ？」

秘宝を持っていたスカイと名乗る人魚さんのことが、気になったらしい。

「あの、きっと高貴な人魚さん……いえ、人魚様なのでしょう？」

抱えられたまま、私も口を挟む。

「え？　なんでわかったの？」

「その腕輪の紋様、王族のものでしょう？」

きょとんとするスカイ様に、セナさんが呆れた様子で腕輪を指差した。

「秘宝なんてものを、ただの人魚が持っているのもおかしいですからね」

セティアナさんも、続けて言う。

「目敏《めざと》いねー。君達こそ何者？　まぁいいけど。オレはスカイ・シレナライト。海底の王国マリンコニーの王子だよ」

くすりと笑いつつ、スカイ様はそう名乗った。

王子様か。予想が的中してしまった。

「私は、ローニャです。ただのローニャです」

「ただのシゼ。獣人傭兵団だ」

シゼさんが名乗ったので、セナさん達もそれに続く。

「ただのセナ」

「ただのリュセ」

「……ただのチセ」

「……私はただのセティアナ」

ただの。

「ただの、ね～。で？　海底へは行くの？　行かないの？　せっかくだし行こうよ！　マリンコニー王国の王宮に行くなんて、滅多にない機会だぜ！　女性に人気なスポットも行こう！　女性の人魚が見たいならオススメ！」

「……人魚なら、もう見た」

シゼさんは、私を一瞥《いちべつ》してクールに答えた。

本物の女性の人魚を見なくても、私の人魚姿で満足した、という意味だろうか。……また赤面してしまいそうだ。

「そうだなぁー。別に、それほど人魚が見たいわけでもねーし……。てか、シゼはいつまでお嬢を抱えているわけ？」

「つーか、腹減った……」

またもやブンブンと尻尾を振り回すリュセさんの後ろで、チセさんがぼやく。

「じゃあ、王宮に直行する？　すぐにご馳走を用意してくれるはずだよ？」

ルンルンとした様子で、急かすスカイ様。

「どうする？　行くか？」

シゼさんが私を下ろし、支えてくれる。

「皆さんが行くなら」

自分だけ楽しんでしまった手前、シゼさん達にも海を満喫してほしい。

「海の中は、とても涼しいです。潜水の魔法でも、きっと涼しさを感じられると思いますよ」

「お前の魔法なら」

安心して任せられる、という言葉が込められているように感じた。

「シゼが賛成するなら、文句ねーだろ？　セティアナ」

「……」

「ボスが行くって言うなら、オレも行くし……美味《うま》いご馳走なら、もらう」

リュセさんの言葉にセティアナさんがしぶしぶといった様子で頷《うなず》き、お腹が空《す》いたことを主張するようにチセさんは腹部をさすった。

「……じゃあ。お言葉に甘えて、王宮に行くよ」

皆さんの反応を確認していたセナさんも頷《うなず》く。

「潜水の魔法なら、オレも得意だよ？」

「いいよ。ローニャの魔法がいいし。それより、君はこんな風によく人を誘うのかい？」

「うん。オレって、出会った人をすぐ招いちゃうんだよね。場所が場所だし、あんまり他所《よそ》と交流がない国だからさぁ」

「私達が悪者だったらどうする気ですか？」

セティアナさんが尋ねた。

「やだなぁ、オレは人を見る目には自信があるよ？　オレが王族だと思った途端に誘いを遠慮したみたいだし、悪者だったら打ち上げた時に身ぐるみ剥がしてるでしょ？　それにオレが言うのもなんだけど、王族がこんなところでフラフラ泳いでいるなんて、誰も思いもしないだろ？　今まで泳いでいるところを狙われたことはないから、君達が俺を狙ってここに来たとも思えないね」

ぴちゃんと尾ひれを揺らしてから、スカイ様がにへらと笑いかける。

人魚の王族がフラフラと泳いでいるなんて、他国の人は本当に思いもしないだろう。

「それに水場だったら、オレの方が断然強いと思うしね」

自衛には、自信があるようだ。

人魚は水をたやすく操ることのできる種族だから、確かに水辺なら最強と言えるだろう。

「強いだと？　試すか？」

好戦的なチセさんがギラリと目を光らせ、にやりと口角を吊り上げた。

ずぶ濡れの獣人姿だから、結構怖い。

「まぁまぁ。対決はあとにして、先にご馳走を食べようよ。さぁ！　行こう！　我が王宮へ！」

答え次第ではすぐにでも海に飛び込んでしまいそうなチセさんをさらっと躱《かわ》して、スカイ様はザブンと海に潜《もぐ》った。

「あ、あのシゼさん？」

「……」

ずっと支えてくれていたシゼさんが、また私を抱き上げる。どうやら海へ入れてくれるみたい。

そのままポーンと投げ入れてくれても良かったのだけれど、シゼさんは膝をついてそっと海の中に下ろしてくれる。紳士的だ。

海に戻った私は、獣人傭兵団の皆さんとセティアナさんに潜水の魔法を唱えた。

薄いベールに包まれると、経験者のセナさんとリュセさんが、先導するように海へ飛び込む。

シゼさんのあとに、セティアナさんが続いた。

「皆さん、大丈夫ですか？」

念のため確認しておこうと、海面にポッと浮いた彼らの周りを、スッと泳いで回る。

「君の魔法は信用しているよ」

ベールの向こう側で、セナさんが笑いかけてくれる。ちょっと、くぐもったように聞こえた。

そこまで言われてしまうと余計に、念入りに確認してしまいたくなる。うっかり気を抜いても魔法が解けたりはしないはずなので、大丈夫だ。

「それにしても、お嬢。本物の人魚みたいにスイスイと泳ぐなぁ。もうマスターしたのか？」

ニマニマ、とリュセさんが眺めてきた。

「泳ぐのは、本当に簡単なんですよ」

「ふーん」

私はその場でくるりと回ってみせた。ドレスのスカートが少し舞い上がったので、両手で押さえ込む。

そんな私を見て、なんだかリュセさんは楽しげだ。

「……素敵ね。不思議。地上より、とても涼しい」

潜水の魔法なら、階段を降りるように足を動かせば身体はゆっくりと沈んでいく。

セティアナさんは不思議そうに辺りを見回した。

薄いベールで少しだけ視界がぼやけているかもしれない。この美しい海中を堪能《たんのう》できているといいのだけれど。

「おい、セティアナ、大丈夫か？」

「大丈夫よ」

「あっそ」

リュセさんが差し出した手を、セティアナさんは腕を組んで断った。

リュセさんは女性の扱いに慣れているのよね。

なんて横目で見つつスカイ様の後ろを泳いでいると、それは思っていたよりすぐに見えてきた。

海底の王国、マリンコニー。

海底に街があって、そしてその奥には王宮が聳《そび》えている。

ぷっくり膨らんだ屋根がサファイアブルー色に輝き、他は金色に艶《つや》めいている。街並みも、屋根が膨らんだようなデザインの建物だ。可愛らしくも、美しい王国。

「ようこそ！　マリンコニー王国へ！　さぁさぁ、行こう！　王宮へ！」

街の上をスイーッと進んで王宮へと直行しようとしていたスカイ様が、不意に振り返った。

「ところで、皆はどこの国から来たの？　シーヴァ？」

「いえ……」

私はシゼさんの顔色をうかがう。正直に答えてしまって問題なさそうだ。

「オーフリルム王国の最果ての街から来ました」

「え？　結構遠くから来たんだね！　オーフリルム王国かぁ。行ったことはないけど、少し前にゴシップを聞いたなぁ」

驚いたように声を上げると、またスイーッと進み始める。

「ゴシップ、ですか？」

マリンコニー王国とオーフリルム王国とは距離があるのに、ゴシップなんかが届くなんておかしい。疑問に思いつつも、スカイ様についていく。

「なんでも、オーフリルム王国の王族だか、身内がね、浮気した挙句に公衆の面前で元々の婚約者との婚約を破棄したらしいんだよ。事実だったら、ひどい話だよね」

「……そうですね」

それって、もしかしなくても、私のことではないだろうか。

「サイテーじゃん。どうせロクでもねー男なんだろ？」

話が聞こえたのか、後ろからリュセさんが加わった。

もちろん、私の話だとは言わないでいてくれる。

「そうだねー。それより、その婚約破棄された相手がね！　あの緑を司《つかさど》る精霊……いや大精霊とも呼べる偉大な精霊オリフェドートと魔法契約した人間だっていう噂なんだ！　すごくないか⁉　精霊オリフェドートは人間嫌いって聞いたことがあるし、そんな偉大な精霊と魔法契約できた人間がいるってことにも驚いたけれど……普通そんなすごい人間と婚約破棄するかい⁉」

スカイ様の話を聞いて、絶対に私がオリフェドートと契約した一人だということがバレてはいけないと思った。

オリフェドートと契約している人間は本当に少ない。バレてしまえば、噂の元婚約者と私はすぐ結び付いてしまうでしょう。

それにしても、オリフェドートとの契約まで伝わっているなんて……

なんとなく読めてきた。なぜ、遠い海底の王国の王子が、そんなゴシップを知っているのか。

きっとまた、オリフェドートがお酒に酔った拍子に話してしまったのだろう。それも、この辺りに棲まう精霊か妖精に向かって。

それが、スカイ様の耳にまで届いてしまったのだろう。

「真実は定かではないから、あんまり悪く言うのもあれだけれど……オーフリルム王国の住民として、何か聞いていないかい？」

「いえ、そんな噂は届いていませんね」

私とシュナイダーの話はオーフリルム王国に広まってはいないはず。嘘はついていないし、私はきっぱりと答えた。

あまり期待していたわけではないようで、「最果てに住んでるんだもんねー」とスカイ様がこの話を終わりにしてくれる。

だんだんと近付いてきたサファイアブルーとゴールドの王宮。

王宮へ入る手前の門のそばにいた門番に話をつけてくれたスカイ様に、中に招き入れられた。

門番が「またですか」と少々呆れ気味な笑みを浮かべていたから、どうやら本当に人を招くことが好きらしい。

王宮の中には不思議と、空気があった。なので、一度潜水の魔法を解いてしまう。

水の中ではないのでまた立つ羽目になった私は、そろそろ人魚から人間に戻ろうと思ったのだけれど、スカイ様が「浮遊の魔法を使えば楽だよ」と教えてくれた。見れば、スカイ様は宙に浮いている。

「ですが、秘宝はもうお返しします。他人に貸したなんて発覚してはまずいのでは？」

「そんなことないよ！　もうローニャ達はお友だち！　そのまま来なよ！」

秘宝をこれ以上身に付けていても緊張してしまいそうなのに、スカイ様はとても呑気でいらっしゃる。

仕方なく秘宝のネックレスを付けたまま、浮遊の魔法でスカイ様についていく。

セティアナさん達も、廊下を歩き出した。

通されたダイニングルームには、大きな水槽があった。微《かす》かに光る海月《くらげ》達がふわふわと浮き、仄《ほの》かに色付く空間となっている。

ぷくぷくと泡のデザインに膨れた椅子はぷにぷにしていた。椅子というよりちょっとしたソファーだ。一人掛けソファー。

私の椅子は青色、隣のシゼさんは水色、セティアナさんはさらに薄い水色。セナさんのはライトグリーン、リュセさんは黄緑色、チセさんは緑色と、カラフルなグラデーションになっている。

テーブルも、泡立ったものをそのまま固めたようなデザインで透明だ。

私達をダイニングルームに案内したあと、寄るところがあると言って姿を消したスカイ様は「すぐできるよー!」と楽しそうに戻ってきた。私のもう反対側の席に腰を下ろす。

料理を頼んできてくれたのだろうか。いきなり大勢の料理を注文されて、シェフも困っていないだろうか、と考えていると、短時間で料理が運ばれてきた。

「ようこそ、スカイ殿下のご友人様方。どうぞ、召し上がってください」

タコの下半身を持つ男性が、そう朗らかな笑みで言う。

白い帽子に、白いコックコート。シェフのようだ。

こういったことはもう慣れっこみたいだ。新しい友人を突然連れてくるのは、スカイ様の癖のようだから。

目の前に並べられていく海鮮料理は、宝石のように輝くご馳走だ。

色鮮やかな赤身や白身が芸術のように飾り付けられた刺身の盛り合わせ。マグロや鯛、それに海老もある。

シェフがそれぞれなんの魚なのかを丁寧に教えてくれて、そばに置いた醤油をお好みでつけて食べるよう、説明してくれた。

醤油は海の向こうにある国からの輸入品だと、スカイ様が教えてくれる。

それって確か、レクシーが留学した、龍を日常的に見ることのできる和風の国だったはず。

なるほど、と私は頷《うなず》きつつ、早速箸《はし》を手に取った。

「箸《はし》は馴染《なじ》みがないと思っていたけど、ローニャは慣れてるね！」

「あ、はい……」

一通り、仕込まれましたから。

箸《はし》と共にナイフやフォークまで置いてあるのは、箸《はし》に慣れてないお客さんのためでしょうか。

見れば、シゼさんを始め、セティアナさんやセナさん達もフォークを使っていた。

「海底の王国だけあって、新鮮で美味しいですね！」

私は、落ちてしまいそうな頬を押さえつつ、舌鼓を打った。

「このマグロ、とろけます」

「おっ、わかりますか？　ありがとうございます。食材は新鮮な一級品ばかりでございます。どうぞ、お楽しみください」

タコのシェフは、胸を張ってみせた。

当然よね、王宮のシェフなのだ。食材も一級品。

これは美味しいに決まっている。

「このアジの弾力……プリプリですね！」

「……美味《うま》いか？」

「はい！　シゼさん達は……どうですか？」

首を傾げるシゼさんに、満面の笑みで答える。そういえば、彼らは魚の生食は初めてのはず。

「美味《うま》い」

シゼさんはそう言って、また一口。

「うん、美味しいね。一級品だからかな？　やっぱり美味しいよ。ローニャが勧めるだけあるね」

「うんうん、マジで美味《うま》いわ、これ！　イケる！」

セナさんもリュセさんも口に合ったようだ。

「……」

しかし、セティアナさんは、黙ってお皿を見つめている。

あまり食が進んでいない様子。

「いや、確かに美味《うま》いけどさぁー……なんか、もっとがっつりいきたい」

チセさんはすでにお皿の半分を平らげているけど、もっと欲しいみたい。

さすがは大食いのチセさんである。

「それなら、焼き闘魚なんていかがでしょうか？」

「とうぎょ？」

「牛のように丸々太った魚でございます。荒々しく、闘牛のような魚なので、闘魚と呼ばれています。塩焼きにしてかぶり付く食べ方が一般的ですが、味付けは人それぞれ。工夫して食べますね」

「闘牛みたいな魚！　美味《うま》そうだ！　それくれ！」

「はい、少々お待ちくださいませ」

頭を下げたタコのシェフが部屋を出て行く。

闘牛みたいな魚となれば、きっとチセさんの胃袋も満足するでしょう。

「ん」

「え？」

突然、顔の前にアジの身がフォークで差し出された。シゼさんだ。

食べていいという意味だろう。

しかし、それを受け入れる度胸は、私にはない。

いくらなんでもハードルが高すぎます！

だから取り皿の上に載せてもらおうと差し出すけれど……

「ん」

シゼさんは取り皿には見向きもせず、食べろと言わんばかりに口元まで運んでくる。

こんなやり取りがセティアナさん達にバレてしまう前に食べてしまった方がいい。私は思い切って口を開け、パクリと食べた。

「ありがとう、ございます」

「もっといるか？」

「いえ、結構ですよ」

頬が赤らんでしまいそうになる。おかわりが来ては耐え切れない。ちゃんと断った。

テーブルに置かれたソーダで流し込む。

なんとなく視線を感じて左を向くと、にんまり笑顔のスカイ様が頬杖をついてこちらを見ていた。しっかり見られてしまっていたようだ。恥ずかしい。

赤面した顔をなんとか冷やしていると、丸焼きにされた鬪魚が運ばれてきた。

香ばしい匂いが鼻に届く。チセさんが、前のめりになった。

牛ほどの大きさの魚には、立派な黒い角がある。

「いかがですか？」

「では少し、いただきます」

必要分だけ切り分けてくれるタコのシェフ。

全員の分が配膳されたところで、私はナイフとフォークに持ち替えて、一口サイズに切り取ったそれを口に入れた。よく火が通った白身は、塩味がよく合う。味は鮎の塩焼きに似ている。

あ、でもこのギュッと凝縮した白身は、どう調理しても合いそうね。

「なんでも合いそうですね、この闘魚のお肉」

「うん、なんでも合うよ。オールマイティーって感じでさ。その醤油にも合うし、オレの好みだとケチャップとかかかな」

「まぁ、そうなんですね。お料理のしがいのある魚ですね」

「そうです。しかし、一般人が手に入れるには少々高価すぎますがね」

スカイ様とタコのシェフに、闘魚の捕獲について聞いた。

その間、チセさんはバクバクと焼き闘魚を食べていく。よほど口に合ったらしい。セティアナさんの食も進んでいるようで、安心した。刺身より、焼き魚がいいみたいだ。

セティアナさんが残した刺身は、セナさんとリュセさんが分けて食べている。

「土産に一匹、捕まえておくか？」

闘魚の捕獲には結構な危険があるらしいけれど、シゼさんが提案してくれる。

今日は口数が多いみたいだ。

「いえ、またの機会にします」

色々アレンジして料理したい気分ではあるけれど、一人ではとてもじゃないが食べ切れない。そのうちリューがまた来るかもしれないし、その時にでも捕まえて料理したいものだ。

「ああ、美味《うま》かった！」

「今回のご友人様方は、いい食べっぷりですね！」

膨れたお腹をポンと叩くチセさんを見て、またタコのシェフは朗らかに笑う。

「ありがとうございます、ご馳走様でした」

「またいらしてください」

見送ってくれる一同にお礼を伝え、スカイ様の案内で地上に戻った。

「また遊びに来てよ」

「明日も行く」

シゼさんが、そう言い出す。

明日も、か。本当によく喋《しゃべ》る日だ。

「絶対だよ？」

海から顔を出している人魚の王子様は嬉しそうに笑うと、海に潜《もぐ》って帰っていく。

もちろん、秘宝のネックレスは返しておいた。

両脚を取り戻した私は、コツンと踵《かかと》を踏み鳴らして、店に戻る。

「涼めた上に、王宮の海鮮料理を食べられるなんて、ラッキーだね」

「私も人魚として海を泳ぐ経験ができて楽しかったです」

「お嬢のおかげだぜ？　お嬢が提案しなきゃ行かなかったし、いつもありがとうな」

「そうだぜ、ローニャ店長。サンキュー」

「あ！　チップはいりませんよ！」

「バレた？」

ケラケラと笑うリュセさん達が、チップと称して金貨を置こうとしていたけれど、今回はなんとかしまってもらった。

「またな」

シゼさんの手がポンと頭の上に置かれる。大きな大きな男性の手。

セティアナさんを置いて、シゼさん達は店をあとにする。

「……こんな風に、あなたは彼らの交流の輪を広げてくれていたのですね」

そうセティアナさんは、呟く。

「え？」

「……あなたは素敵な女性です」

白いドアを開けたセティアナさんの笑みは、夕陽でよくは見えなかったけれど、美しくもどこか切ない笑みに見えた。


海の香りがする。もったいないけれど、潮を洗い流すために、バスルームに入った。

代わりに、砂糖をまぶしたような甘いラベンダーの香りをかぶる。

極楽なお湯に浸かったあとは、粉雪の魔法で部屋を涼しくしてから、ひんやりとしたベッドに寝転んだ。

その心地良さに、海中を泳いだ時を思い出す。透明感ある海の中。そして、海底の王国。

今日は、いい夢を見られそう。

セティアナさんの切なそうな笑みの理由は、なんだろう……

翌朝、朝の準備を終えて白いドアを開いた私は、ふと思い出して考え込んだ。前にも、悲しげな色を帯びた笑みを浮かべていた。

セティアナさんが言う〝彼〟は、誰だろう。

尋ねてもいいものだろうか。

そういえば、セスは知っているような口ぶりだった。

うーん、しかし、他人から恋愛事情を聞くのはいかがなものか。

やはり、チャンスを見て、それとなく恋愛の話を持ち出してみようかしら。

いや、でも、私にできる恋愛の話はない。

私自身が想われている、というのは、話題にするのはどうかと思う。

誰かを想っている話なら、しやすいのに。

せっかく新しい同性の友人だし、もっと親しくなりたいなら、こちらから歩み寄らなくてはいけないと思う。

過去の話を、少ししてみようかしら。シュナイダーを想っていた頃の初々しい話をネタに会話を弾ませて、それとなくセティアナさんの想い人を聞き出してみる。

そう思ったのだけれど、今日は紙袋を持ったセスが一緒だった。

午前のお客さんが帰って行ったあとも一緒に残ったということは、セスも海に行くつもりなのでしょう。昨日の話を聞いて、行きたくなったのかもしれない。

それにしても何を持って来たのだろう。

「じゃーん！　ローニャに服貸してあげる！」

服、と聞いて私は改めてセスの格好を見てしまった。

今日はフリルの半袖のブラウスと大きなリボンを胸に付け、短パン姿である。

「え。大丈夫ですよ」

思わず、遠慮してしまう。

「ドレスで海辺にいるのは大変でしょう？」

紅茶を啜《すす》ったセティアナさんが声をかけてくれる。

「セティアナさんも、スーツだと不便ですよね」

「私もセスのワイドパンツというものを借りました」

「あ、気付きませんでした」

普段から秘書のようにビシッとスーツを着こなしているセティアナさんは、今日はスリットの入った紺色のワイドパンツを穿いている。

「これ、レース柄が見えるんだよー」と、セティアナさんのワイドパンツを摘《つま》んで広げた。

確かにスリットの間からはレースが覗いていて、そこから白い足が透《す》けて見える。セティアナさんによく似合う優雅な服だ。

私はロングスカートで足を隠してきたから、今さら晒《さら》すのはどうにも抵抗があって仕方がない。

しかし、ドレスに砂が付いて汚れてしまうなら、着替えた方がいいのかも。

「ほら！　選んで、ローニャ！　僕のオススメだと、これかな！」

セスのオススメは、水色のチェック柄の短パン。やっぱり短い。

「もう少し丈の長いものは？」

「それならこのスカート風ワイドパンツなんてどうでしょうか？」

セティアナさんが、手を伸ばして一枚の薄緑色のワイドパンツを取り出した。

セティアナさんと同じ七分丈の長さで、ふわりと靡《なび》くシフォンデザインのものだ。

「今着てるブラウスと合わせればいいね！　本当は、こっちを穿いてほしいけれど」

私を上目遣いに見てくるセスだけれど、私は薄緑色のワイドパンツの方をセティアナさんから受け取った。

「では着替えてきますね」

私はひとまず、上の階の部屋に戻ることにした。そこでブーツとスカートを脱いで、しなやかな肌触りのワイドパンツを穿いてみる。

「んー……足が気になる」

鏡で確認するけれど、わずかに露出した足を凝視してしまう。やはり抵抗がある。

ブーツを履くのは、やはりだめだろう。夏用のブーツで持っているのは花柄レースで透《す》けたものぐらい。それを履いていけば、きっと砂が入ってしまうだろう。

あとこの白いブラウスとシフォンワイドパンツに合いそうな靴は……としゃがんでクローゼットの中を覗き込む。リボンのついたフラットシューズがあった。これなら合いそう。

あとはお洒落《しゃれ》なセスとセティアナさんにチェックしてもらいましょう。

白いエプロンを抱えて、店に戻る。

「お待たせしました。これでどうでしょうか？」

私は、シフォンのワイドパンツを摘《つま》み上げた。

「かぁわぁいー！」

「先ほどより涼しげでいいですね。海で遊ぶのにぴったりです」

セスとセティアナさんからオッケーが出た……かと思いきや、セティアナさんが少し考え込む様子を見せた。

「セス、貸してくれてありがとう」

セスにお礼を伝えて、エプロンを身に付ける。

「セティアナさん、どうかしましたか？」

「いえ……ただ、パンツを穿いている場合、人魚に変身したらどうなるのかと思いまして」

「ああー、昨日ローニャが借りたとかいう秘宝？」

「どうでしょうか……皆さんの場合はどうですか？　帽子をかぶっていたり、スカートやズボンを穿いている場合の耳や尻尾の出現はどうなるのですか？」

セティアナさんの疑問に、私もちょっとした疑問を二人に向けてみた。

「帽子はわかりませんが、尻尾の方は穴の開いたものを最初から穿いています」

「その穴は上着とかで隠しておくんだよね～」

「なるほどー。確かに、人魚に変身した場合はどうなるんでしょうね？　さすがに今日も秘宝を借りることはできませんが」

あまりホイホイと貸していいものではないでしょうと、私は苦笑を零《こぼ》してしまう。

「今日もご馳走になるの？」

セスの期待のこもった瞳がこちらを向いた。

「今日は逆に、ご馳走を振る舞おうと思うの。いいかしら？」

「この店に招くつもりですか？」

セティアナさんの問いに、私は首を横に振る。

「いえ、さすがにお招きするのはちょっと……」

そもそも、スカイ様は人間の姿になれるのだろうか。ずっと浮いているのでは、不便もあるだろうし……

「海で涼みながら、魚を獲《と》ってバーベキュー、というのを考えているのですが、どうですか？」

「いいね、それでいいんじゃない？」

カランカランとベルが鳴り、男の人の声が答える。セナさんのものだ。

夏の陽射しが差し込む店に、昨日と同じく暑そうにしている獣人傭兵団さんがやってきた。

「海！　海に行こうぜ‼」

人間の姿で唸《うな》るように声を上げるチセさん。

「あっれ！　お嬢……なんか、可愛い」

エプロンを巻いているのに、ワイドパンツに注目したリュセさん。目敏《めざと》い。恥ずかしいのであまり見ないでいただきたい。

「汗、どうぞ拭いてください」

私は誤魔化すように笑って、タオルを渡した。

「行こう」

タオルを受け取って、顔を拭《ぬぐ》うシゼさんに頷《うなず》く。

カツンと踵《かかと》を踏み鳴らし、移動魔法を行使した。

昨日と同様、目の前には燦々《さんさん》と輝く太陽でキラキラと揺らめく青い青い海が広がっている。

波間に漂《ただよ》うように、一人の人魚が泳いでいる。

「あっ！　本当に来てくれてありがとう！」

水を滴《したた》らせた人魚の王子様が、水飛沫《みずしぶき》を上げて手を振った。

「約束しましたから。あの、考えたのですが」

にこっと笑って答えてから、寄せては返す波打ち際まで歩み寄る。

借りたワイドパンツが濡れないように、ちゃんと摘《つま》み上げながら。

「昨日のお礼にバーベキューをご馳走したいのですが、いかがですか？」

新鮮な魚を串刺しにして焼いて食べるのはどうだろうか。

チセさん達は、生の魚にはまだ少し抵抗があるみたいだし、打ち上げた魚を焼いた方がいいだろう。

私も昨日のお礼をしたい。

「え、お礼？　もてなしてくれるのかい？」

人魚の王子様は、夏の海よりもキラキラとしている瞳を向けた。

もてなし慣れてはいるけれど、もてなしてもらうのには慣れていないのでしょう。

王宮へ招いてもらったのだから私の店でもてなす方がいいのかもしれないけれど、涼むこともできるし、ここでバーベキューがいい。

「よっしゃあ！　じゃあ魚を獲《と》るか！」

チセさんがボンッと菊の花を咲かせながら真っ青な狼に変身して、やる気を見せる。

「ローニャさんに任せたら？」

服を脱ぎ捨てるチセさんの首根っこを掴み、セティアナさんが止めた。

「涼むついでにいいんじゃね？　シゼ達は、またパス？」

リュセさんも、シャツを脱いだ。

「僕らはローニャの手伝いをするよ」

セナさんが私のそばへ来た。

「するー！」とセスも両手を挙げる。

「でも、お手伝いできることがあるでしょうか？」

セティアナさんが長い髪をポニーテールに束ねて、首を傾げた。

「昨日見せた魔法を使って、一緒に魚を打ち上げてみますか？」

「私達では、魔力が足りないのでは？　セスはローニャさんに教えてもらって使えるようですが……」

「獣人族には元々変身能力があるじゃないですか。その魔力を使えば、打ち上げることは可能です。浅瀬でやってみませんか？」

レーダーのように海の中を把握するのは難しいと思うけれど、小さめな水魔法なら行使できるはず。

「えー面白そう！　オレもそっち行く！」

「オレもやる！　やるやる！」

海に飛び込む気満々だったリュセさんとチセさんも、こちらへ駆け戻ってきた。

「新しい魔法！」

魔法を学べると、セスは両手を広げて喜んでいるみたい。

「スカイ様。こちら、セナさんの弟、セスです」

「あ、よろしくお願いしまーす！」

「セスだね、よろしく！」

浅瀬に移動するため、ひとまず靴やブーツを脱ぐ。

素足で砂浜を踏むと、少し湿った砂がじゃりっと沈んだ。くすぐったい。

波打ち際はやはり、冷たかった。濡れた砂が足裏に貼り付く感触を覚えながら、足跡を残して進む。

押し寄せる波が、足を飲み込んでは、さぁっと引いていく。さざ波も海から吹いてくる風も、気持ちがいい。

七分丈のワイドパンツに着替えたけれど、やっぱり濡れてしまうだろう。ちゃんと洗って返さないと。

「水の魔法を教えますね」

まずは、お手本をとして。

「〝――水よ、弾けろ――〟」

唱えてから、右の掌《てのひら》を海へ向けて魔力を放出する。その魔力を操って、水を上へと持ち上げた。

すると、頭上で水の塊《かたまり》が弾けて、キラキラと足元に降り注《そそ》ぐ。

「唱えてから魔力を放出すれば、その魔力に触れた水が弾ける魔法です」

「ローニャさんがやると簡単に見えるけれど、魔力を放出することが難しいのでは？」

「難しいだろうね」

セティアナさんが真顔で呟き、セナさんは苦笑を浮かべる。

「僕はできると思うよ！」

セナさんの隣に立つセスが胸を張って、キリッと自信に満ちた顔をした。セスの決め顔である。

「やってみるよぉー！　〝――水よ、弾けろ！――〟」

セスは私を真似て揺れる海面に右手を翳《かざ》すと、元気良く唱えた。

しかし、何も起きない。波で海面が揺れているだけ。

「あれ？　おっかしいなぁ……えいっ！」

手をぶんぶんと振るが、魔力がうまく放出できていないみたいだ。

「まぁ、魔法初心者なら、しょうがないよねぇー」

間違ってまた打ち上げられないようにと、少し距離を置いてくつろいでいるスカイ様は、のんびりと尾ひれを揺らした。

「セス。皆さんも。変身する時を思い浮かべてください。その感覚を忘れないで、魔力を放出してみてください」

「あ、そっか。獣人かぁ」

スカイ様が納得したように頷《うなず》いた。

魔法は初心者でも、変身魔法は日常的に使っている獣人族。きっと魔力を使いこなせるはずだ。

「……〝――水よ、弾けろ――〟」

スッと、右手を伸ばした人がいた。静かで、低い声。

目を向けると、シゼさんだ。ワイシャツの前を開けたままの格好。琥珀《こはく》の瞳で見据えた海面が、弾けた。

黄色の鱗が煌《きら》めく魚が、水と一緒にぴちぴちと足元へ落ちてくる。

見事成功させたシゼさんは、冷静な様子で無言のまま自分の手を眺めた。魔法を放った自分の右手を。

「……わぁ」

「ボス、かっけぃ」

「ぐぅう！」

一回で成功なんて、かっこいい……

セスとチセさんが惚《ほう》けている中、リュセさんはなぜか私をチラチラと見てむくれている。

すぐにリュセさんもチセさんも手を伸ばして、水魔法の呪文を唱え始めた。

けれども、シゼさんのように、一回で成功とはいかない。

「ローニャ。昨日やっていた、感知する魔法は難しいのか？」

「あ、はい！　そうですね。あれはそれなりに練習を積まないと成功できないものですね」

シゼさんに声をかけられて、私は驚きつつもそう答えた。

あのレーダーのように魔力の位置を特定する技術は魔力感知と言って、私も習得まで必死に何日も特訓したのだ。

「そうか」と短く返したシゼさんが、丸々と太った黄色い鱗の魚の尻尾を掴んで持ち上げる。

「食えるか？　これ？」

「これはイエローダイという魚ですね、食べられますよ」

「この浅瀬には、いっぱい食べられるものがあるから、ジャンジャン狙い打って！」

スカイ様が急かすように促した。

今獲《と》れたこの魚は確かキダイという地球にもいた魚によく似ていて、塩焼きが主な食べ方だ。

この膨らみからして、身が詰まっていそう。大物だ。

私は海水に手をつけると、ぷくっと持ち上げて宙に浮かせた。

クーラーボックス代わりに、水の球体を浮かせておく。昨日のクッションの、一辺が開いているようなイメージだ。

「獲《と》れた魚は、ここに入れてください」

「ローニャの魔法の腕なら、この辺一帯の魚を打ち上げるのも容易そうだね」

セナさんが笑う。

やれと言われればやれるだろうけれど、リュセさん達は魔法を使いこなそうと必死だ。せっかくなら、楽しんでもらいたい。

私は岩場に行って変形魔法を使い、簡易なキッチン台を作った。ここで捌《さば》こう。

それから、砂浜でも変形魔法を駆使して、円形に人数分の椅子を作り上げる。

家にテラス用のテーブルがあるから、それを持って来ましょうか。調味料や包丁も、取りに行きたい。

「あの、皆さん。私は一度、家に戻りますね」

「私も同行します」

セスのそばにいたセティアナさんが名乗り出た。

「えー！　セティアナ、教えてよ！」

そんな彼女の腕を掴み、セスが引き留める。

その様子からして、セティアナさんはもうコツを掴んだのでしょうか。スマートだ。

「大丈夫ですよ、私一人でも」

「だめだ」

「ついていくよ」

シゼさんが強く却下して、セナさんも練習を切り上げてしまう。

二人がついてくるらしい。危険なんてないのに……

「じゃあ、スカイ様。少々お待ちください」

「おっけー！　アドバイスしながら待ってるよー」

スカイ様にも一声かける。

チセさんとリュセさんは競うように、水の魔法を使いこなそうとしていた。

私は砂の上で踵《かかと》を踏み鳴らす。白い光に包まれ瞬きをすると、店の中だ。

砂の付いた裸足のままだけれど、あとで掃除するのでいいでしょう。

キッチンに入る。包丁を一つ、布巾に包んだ。

「オレも手伝おう。捌《さば》くことならできる」

「あっ、はい……ぜひ」

シゼさんがそう言ってくれたので、包丁をもう一つ、包み込む。

彼も子ども達の面倒を見ていたから、料理はできるのだろう。大漁になりそうなら、ぜひとも手伝ってもらいたい。

使っていなかったまな板と、バーベキュー用の串と調味料、人数分の小皿、そして適当な野菜をバスケットに入れる。

セナさんは何も言うことなく、バスケットを持ってくれた。

そうしてそっと近付いてきて、ピーマンを手に持つ。

「うまい具合にチセに食べさせてくれるかい？」

なんて、笑いかけられた。

「これなら、どうでしょう？　果物で作ったタレを付ければ、チセさんも喜ぶかと」

「ああ、いいね。チセは果物で釣ればいい」

「ふふ、そうですね」

チセさんを魚みたいに言うけれど、確かにチセさんは果物でなら釣れてしまうから、ちょっと笑ってしまう。

私はまな板だけを抱えて、海辺に戻った。暑い陽射しを浴びる。潮風が香った。

「おー！　お嬢！　見て見て！　成功した！」

リュセさんが私に向かって手を振る。

「シゼよりデカい魚獲《と》れたぜ！」

岩に座っているチセさんも、にっかりと笑いかけてきた。

水のボックスには、魚が何匹か増えていて、確かに黄色の魚と一緒に、大きな魚がスイスイッと回るように泳いでいる。

「僕も僕も！　セティアナの次に、できたんだからね！」

セスがバシャバシャと海水を弾かせてはしゃいだ。

「けれど、セス以外は、連続ではできそうにはありませんね」

セティアナさんが言う。チセさんは魔力回復のために岩で休んでいるのか。

「変身しまくって眩暈《めまい》が起きるのと同じなんだね」

セナさんはそう納得して、バスケットを置く場所を私に尋ねた。

とりあえず、岩場に作ったキッチン台へ置いてもらう。

「オレ、そこまで魔力酷使したことないからわかんないやー」

チセさんと同じ場所で、岩から尾を垂らすようにしてくつろいでいるスカイ様が尾ひれを揺らす。

魚を獲《と》る作業は彼らに任せても大丈夫そうだ。安心して、私はバーベキューの支度を始めた。

シゼさんと肩を並べて、魚に切り目を入れ、捌《さば》いていく。

セナさんも魔法の練習に戻ってしまい二人きりになってしまったが、私は調理に専念した。

シゼさんの包丁の扱いは、うまい。しかしずっと無言で、ちょっぴりソワソワする気分。

いつの間にかスカイ様が目の前まで来ていて、じっくりと観察されていた。

塩を満遍《まんべん》なくまぶして、串に突き刺す。野菜も食べやすいように切って串に刺しておく。

「あら、ごめんなさい。退屈でした？」

「ううん。もてなそうとしてくれているの見てるだけで楽しいよ？」

スカイ様はそう笑ってくれた。良かった。

変形の魔法で砂を窯《かま》にして、中に炎を灯《とも》す。

うまく焼けるように、串を渡しておく。あとは焼き上がりを待つだけ。

セスとチセさんとリュセさんは魚を獲《と》るのをやめて、魔法を使った水のかけ合いを楽しんでいた。

ボックス代わりに浮かせていた海水の球体は、頭上に移して粉雪の魔法をかけて冷やしておく。

そうすれば、涼しさが増す。

その様子を興味深そうに眺めていたスカイ様が何かを言いかけたけれど、遮《さえぎ》る形でセティアナさんがやってきた。

「何か手伝えることはありませんか？」

「あとは焼けるのを待つだけですので、どうぞ座っていてください」

「ありがとうございます」

セティアナさんは丁寧に頭を下げると、私が作っておいた椅子の一つに腰掛ける。

スカイ様も、それに続いた。セナさんとシゼさんも。

少しして十分に焼けたのを確認してから、セス達を呼ぶ。真っ先にチセさんが飛ぶように走って来た。

「美味《うま》そう！　……なんで野菜まであるんだ？」

「野菜には、この果物で作ったタレを付けて召し上がってくださいね」

「そ、そうか！　しょうがねーな！」

チセさんが右手に焼き魚、左手に焼き野菜の串を持つ。

うまく食べさせられそうだ。

セナさんと目を合わせて、ひっそり笑い合った。

「ん」

すると、目の前に焼き魚が差し出された。私の右隣にいるシゼさんだ。

きょとんとしながらも、お礼を言って受け取る。

あれ、もしかして、これって……シゼさんが獲《と》った魚では？

不思議に思いつつ、塩をたっぷり付けた魚肉にかじり付いた。

ホクホクとした白身と絶妙なしょっぱさ。

「美味しいですね」

「そうか」

シゼさんはなんだか満足げに薄く微笑んでいる。

うう、なんでしょう。照れてしまいます。

「本当美味しい！　こうしてバーベキューに誘ってもらえるなんて、嬉しいなぁ！」

「お前、王子のくせに、暇人だな」

私の左隣に座るリュセさんがからかうように笑い、焼き魚を噛み千切った。

スカイ様は王子様なのでもう少し態度を改めてほしいけれど、誰に対してもこうだから難しいでしょう。

王様相手でも、それは変わらない。

獣人傭兵団の彼らにとって、王とはシゼさんのことだから。

「昨日のご馳走の、せめてものお礼です。喜んでいただけて、こちらとしても嬉しいです」

私は向かいに座るスカイ様にそう微笑んだ。

「あ、そうでした、ケチャップも持って来ました。スカイ様、お好きだとおっしゃっていたので」

「えっ、覚えていてくれたのかい？　嬉しいな……なんか、ときめく。惚れちゃいそう」

胸を押さえて頬を赤らめるスカイ様を見て、思わず苦笑を漏らしてしまう。

そんな大げさな……

すると、何か長いものが腰に巻き付いた。リュセさんの白い尻尾だ。

自分の膝に頬杖をついて、牽制《けんせい》するような強い瞳で言い放つリュセさん。

「惚れるなよ」

「……冗談なのに」

しゅん、と落ち込むスカイ様。

私のせいで、空気が悪くなってしまった。

「どうぞ、ケチャップをかけて召し上がってください」

「うん、ありがとう」

ケチャップを受け取ったスカイ様が魚を口にするまで待ってみる。

どんな反応をするのでしょうか。

塩の量を抑えた焼き魚にケチャップをどっぷりとかけて、スカイ様がかぶり付く。

「んん!?　なんか、ウチとは違う風味だね！」

「気付きましたか？　パイナップルが入ったケチャップなんです」

「え？　そうなのかい!?　美味しいね！」

また一口、かぶり付く。お気に召したようだ。

「ローニャの店で出してるケチャップって、パイナップル入ってたのか」

チセさんの興味も惹けたみたい。

「私の店だけではないですよ。オーフリルム王国の家庭の半分は、結構普通に使っているそうです」

「なんだ、普通か」

「オレの国もそうしたいな～」

そんな雑談を交わしながら、焼き魚をすべて完食した。

やっぱり食いしん坊なチセさんが一番の食べっぷりだった。

椅子や窯《かま》の変形の魔法を解いて、しっかり後片付け。

綺麗な浜辺を見て、満足した。

「明日も来てくれる？　明日は闘魚獲《と》りでもしようよ！」

「まぁ。いいですね」

スカイ様が提案してくれたから、乗り気になって言葉を返す。

闘魚はとても美味しかったから、自分でも料理してみたい。

「だめだ。当分、魚はいい」

「そっかぁ……」

しかし、シゼさんがきっぱりと断ってしまう。魚でお腹いっぱいですものね。

スカイ様はしょんぼりした顔を見せたけれど、すぐに笑顔に戻る。

「じゃあ、気が向いたらいつでも涼みに来てね！　また絶対に来てよ！」

そう言って、陽が傾き始めた海に飛び込み、消えていった。

私達も、帰りましょう。

「今日も美味しかったよ、ローニャ！　また魔法教えてね！」

セスを始め、店から出て行く獣人傭兵団さんを見送った。

それから少しして、妖精ロト達が掃除をしに来てくれた。夏になると、ちょっぴり頭の先が色付く蓮華の妖精。ほんのり桃色だ。

掃除を始めてすぐ、私達が残した床の上の砂に気付いて、ロト達が騒ぎ始める。

「うみ！　うみ！　うみ！」

どうやら連れて行ってほしかったみたいで、可愛らしく両腕を振ってぷんぷんと怒っていることを表現している。

彼らとしては真剣に怒っているようだけれど、残念ながら、可愛すぎる。

「次行く時は、一緒に行きましょう」

そう約束すると、満足そうな笑みになって、掃除を再開してくれた。

「明日はセティアナさんの想い人について聞いてみたいですね」

……そう思っていたのに、過去の恋愛話を持ち出す機会は巡ってこなかった。

友だち作りのように、難しいものだ。

7　閑話　ちょっと怖い話。

少し時間は遡《さかのぼ》り、夏の始まり。

それは、陽が傾いて外が薄暗くなった時間帯。

店を貸し切っていたもふもふの獣人傭兵団さん達もセティアナさんも帰ってしまい、これ以上はお客さんが来ないと判断して店じまいを始めようとしていた時のことだった。

「……あの」

唐突に私に向かってかけられたその声に驚く。

白いドアにぶら下がったベルは鳴らなかった。なのに、ドアの前には一人の女性が立っている。

初めて見る人だ。

服装は黒一色だった。レースがあしらわれた、それはそれは気品溢れるドレス。でもこの世界には珍しく、スカートの丈は短い。そして黒い手袋に黒い日傘を持ち、またしても黒いロングブーツを身にまとった女性。

頭の上にちょこんと載せられたサイズの小さな帽子も、また黒。一際目立つ深紅のリボンが付いている。

そんな彼女の髪は、漆黒とは真逆の真っ白なものだ。その肌も陶器のような白さ。瞳は薄い空色で、唇には真紅の口紅が塗られていた。

ゾッとするほど美しい、漆黒をまとう女性。

「いらっしゃいませ」

一瞬惚《ほう》けてしまったけれど、すぐに笑顔で挨拶《あいさつ》する。

いつも通りの接客をしなければいけない。お客様なのだから。

「お好きなお席におかけになってください」

彼女が選んだ席は、カウンター。

「どうぞ、メニューです」

「……この、ラズベリーのショコラをください」

鈴を転がすような声で、注文した。

彼女が指差したのは、ちょうど残っているケーキだ。

「お飲み物もいかがですか？」

「コーヒーを……」

「かしこまりました」

注文は以上のようなので、私はキッチンに入った。

まずはコーヒーを淹《い》れる。途端にキッチンに溢れるコーヒーの香りを吸い込んでから、ラズベリーのショコラケーキを取り出す。

トレイに載せたそれらを持ってカウンターから出た。

「お待たせしました」

「……」

女性は軽く頭を下げて、早速ケーキに手をつける。

私は見たことのない彼女を不思議に思いつつ、キッチンに戻った。

しばらく、獣人傭兵団さん達の使った食器を洗うのに専念する。

「ご馳走様でした」

「あ、ありがとうございます」

彼女は支払いを済ませると、もう薄暗いというのに黒い日傘をさして帰っていった。

この街の住人ではなさそうだ。

翌日も、獣人傭兵団さんが帰ったあと。陽が暮れた時間に、漆黒の彼女は来た。

今日は黒いコルセットドレス。丈は短く、漆黒のロングブーツを履いている。とても綺麗だ。

「いらっしゃいませ。また来てくださったのですね」

「……はい。昨日と同じものをお願いします」

「ラズベリーのショコラとコーヒーでお間違いないでしょうか?」

「はい」

笑顔で話しかけるけれど、彼女の方は無表情。

人見知りしているのだろうか。あまり話しかけられたくないのかもしれない。

またコーヒーを淹《い》れて、ラズベリーのショコラケーキを出した。

彼女は黙々と食べて、それからお礼を言うと帰っていく。

そのまた翌日の夕暮れ時。

彼女は、今日もまた音もなく現れた。

それでなんとなく、彼女の正体に予想がついた。

けれども、指摘して警戒されたくはないので、ただ笑みを浮かべて迎え入れる。

彼女はまたラズベリーのショコラケーキとコーヒーを頼んだ。

黙って堪能《たんのう》すると、静かに帰っていく。


そんな日々が、一ヶ月近く続いた。

「店長ー！　ケーキくれ!!」

午前に来たお客さん達が帰った、昼過ぎ。セティアナさんが加わって、いつものように獣人傭兵団さんもくつろいでいる。

青い狼の姿のチセさんは、ステーキを平らげたあとで再び声を上げた。

「今日はじゃんじゃん食いたい気分なんだ！」

「食後のケーキでいいですか？」

「オレもちょーだい、お嬢」

「僕も」

カウンター席の純白のチーターの姿をしたリュセさんも、手を挙げる。続いて、チセさんの後ろの席に座る緑のジャッカル姿のセナさんも挙手した。

「ローニャ店長」

「はい、シゼさんもケーキですね」

純黒《じゅんこく》の獅子のシゼさんにも呼ばれる。

彼が食べたいのは、チョコレート系のケーキだろう。

キッチンに戻って、冷蔵庫を覗いた。

「あらっ……」

「どうかしたぁー？　お嬢」

思わず声を漏らしてしまうと、リュセさんが身を乗り出してカウンターの中を覗き込んでくる。

「いえ、フォンダンショコラとラズベリーのショコラが一つずつしかなくて……他のケーキならあるのですが」

「それがどうしたの？」

「……最近、夕方に来るお客さんがラズベリーのショコラを食べてくださるので、ラズベリーのショコラはとっておきたいのです。いいですか？」

キッチンから出て、シゼさんやチセさんの顔を見回す。

シゼさんが、沈黙のまま頷《うなず》いた。

「別にいいぜ」とチセさん。良かった。

「僕達のあとにお客が来るなんて、意外だね」

「そーそー。お嬢はオレ達が帰ったあとはすぐ店じまいしているイメージがあった」

獣人傭兵団さんを避けて、昼にはお客が来ないこのまったり喫茶店。

私も意外に思っている。

「たぶん……獣人傭兵団の皆さんを知らないと思います。この街の住人ではないはずです」

私はそう答えた。ただの予想だけれど。

「他の街から来ているのですか？」

セティアナさんが問う。

「んー……なんというか、ちょっと怖い話になるのですが」

「怖い話？　なになに？」

リュセさんが、興味津々といった様子で食い付いた。

クスリと笑いながら、ケーキを運んでいく。

「その人、女性なんです」

「遅い時間に、女性が他所《よそ》の街から？」

「はい。ドアのベルを鳴らさずに、音もなく入ってくるんです」

「音もなく？」

セナさんが首を傾げる。

それから席を立って、白いドアのノブを掴んだ。軽く押しただけで、カランッと音が鳴った。

「どうやって音もなく入れるわけ？」

「さぁ。どうやって入ってくるのでしょうね。漆黒のドレスを身にまとったとても美しい女性なのです。それはもう、ゾッとするほどでして」

「何それ、喪服？」

「ゴーストか？」

リュセさんに続いて、チセさんが身震いする。

ちょっとは怖いと思ったようだ。でもペースを落とすことなくバクバクとケーキを食べていく。

その様子にクスリと笑みを零《こぼ》しつつ、続ける。

「私の予想ではたぶん……きっと、吸血鬼の魔物だと思うのです」

それを口にした途端、リュセさんもチセさんも、一度座ったセナさんまでもがガタンッと立ち上がった。

「ま、魔物!? しかも吸血鬼!?」

魔物に分類される吸血鬼は、最強の種族だ。

魔物とは、簡単に言えば魔王が従えているもの達のことだ。

ただし、今は魔王と人間は敵対していないし、危害を加えてくるようなことはない。

けれども、恐れられている種族ではある。

ホラー系のお話で怪物として扱われていることも多い。

「ニンニク！ ニンニクをかけとけ！ 店長！」

ニンニクは、前世で言われていたのと同じように、この世界でも魔物避けになる。

けれど、私はチセさんの言葉に首を左右に振った。

「いいえ、かけません。入店拒否したりしません」

「！　……そう、か……」

穏やかに言えば、チセさんが項垂《うなだ》れて座る。

自分と重ねたのだろうか。

人々に恐れられて獣避けのまじないを張られてしまい、入店を拒まれてきた。

同じように入店を拒むように言うのは、間違っていると気付いてくれたのだろう。

「でも！　その吸血鬼の女が危害を加えない証拠はあるのかよ!?」

「魔物まで通っていると知られたら、ますます客足が遠のくよ」

リュセさんとセナさんがもっともな指摘をする。

獣人傭兵団さんが通っているから、お昼以降は他のお客が来ない。

魔物は不吉と忌《い》み嫌われてもいるから、嫌がる人間もいる。

「大丈夫ですよ。獣人傭兵団さんは言い触らしたりしないでしょう？　それに彼女も悪い魔物ではありません。ただケーキを食べに来ているだけです。リュセさん達と同じ、ここでまったりしているだけですよ」

リュセさんに宥《なだ》めるように笑いかける。

リュセさんは「むぅ」と唸《うな》ると、納得したように席に腰を落とした。

「君がそう言うなら……別にいいけれど。何かあったらすぐ僕達を頼るんだよ」

セナさんも席につく。

「はい、頼りにしています」

私は微笑んだ。

そうして獣人傭兵団さん達を見送って、数時間後のこと。

音もなく、美しい漆黒の彼女が現れた。

「いつものをください」

「はい。ラズベリーのショコラケーキとコーヒーですね」

凛とした綺麗な声に、頷《うなず》く。

ショコラケーキとコーヒーを、カウンター席に座った彼女に出す。

「あの」

「！」

キッチンに戻ろうとしたら、声をかけられた。

注文以外で話しかけられるのは、初めてだ。

「なんでしょう？」

「……わたくしが魔物だということに気付いていらっしゃるのでしょう？　どうして魔除けをしないのですか？」

首を傾げると、そんなことを言われた。

彼女も獣人傭兵団の皆さんと似ているのだなと感じて、だんだんと顔が綻《ほころ》んでいく。

「まったりしたいお客様を拒んだりしません。またいつでもいらしてください」

「……ありがとうございます……」

美しき吸血鬼は、微笑んだ。

実は怖くない、ある日のお話でした。

第３章　❖　狼の一途な愛。

１　妖精の王女と王子。

セティアナさんは、毎日のように店に足を運んでくれた。

しかし、店でまったりしているところに、過去の終わった恋愛話を持ち出すのは空気を悪くしてしまいそうで……。躊躇《ちゅうちょ》してしまう。

「……なんとなく、聞きづらいのよね」

ふぅ、と息をついてしまった。

尋ねてはいけないことのような気がするのだ。

「あいっ！」

物思いに耽《ふけ》っていると、妖精ロトに呼ばれた。

今日は定休日で、ロト達とまったり朝食をとろうと用意していたのだ。

本日の朝食は、ミックスベリーのアイスを添えたパンケーキ。その上からさらにチョコレートソースを垂らす。

甘酸っぱいアイスとパンケーキを一口食べただけで満腹の様子のロト達は、ぷっくりしたお腹を押さえてひっくり返りそうになっている。

それをクスクスと笑って眺めていたら、白いドアがノックされる音が響いた。

「誰かしら……あ、お祖父様《じいさま》かしら！」

定休日に改めて来ると言ってくれたお祖父様《じいさま》を思い出し、カウンター席から立ち上がって白いドアの窓を覗く。

「あら、レクシー……それに」

ツインテールにした白金の髪とややつり目がちな瞳を持つ親友のレクシーと、その隣に立つ腕を組んだ女性を見て、心底驚いてしまった。

すぐに白いドアを押し開ける。

「おはようございます、ラテアオーラ様。お久しぶりです」

ペコリと一礼して、顔を上げた。

目の前のラテアオーラ様は、金と白銀に煌《きら》めく長い髪をポニーテールに束ねている。星がちりばめられたような藍色の瞳で、ルナテオーラ様によく似た美しい顔立ち。それも当然だ。

彼女は、ルナテオーラ様のご息女。

つまり、エルフの王国ガラシアの王女。

小柄なレクシーと並ぶと、かなり長身に見えた。

モデルのようなスラッとした体型で、くびれなんて私よりずっと細い。

「おはようございます、ローニャ様」

にこっとした微笑みには、どこか茶目っ気を感じる。

「おはようございます、ローニャ様」

「おはよう、ローニャ様」

さらにその後ろには、背の高い男性が二人立っていた。

二人とも、美しい男性だ。ラテアオーラ様と同様に艶《つや》めく髪と煌《きら》めく藍色の瞳を持つ中性的な顔立ちをした二人は、ガラシア王国の王子様。

一人は長髪を後ろに束ねた髪型で長男のラクテウス様。

もう一人は前下がりのボブヘアーで次男のキルクルス様。

どちらも父親似のキリッとした眉毛の下で、柔和に微笑む。

「ラクテウス様とキルクルス様も、おはようございます」

令嬢のお辞儀で、挨拶《あいさつ》をした。

「ちょうど入ろうとしたら、声をかけられたの。お邪魔していいかしら？　ローニャ」

「もちろんよ、レクシー。今日も定休日だから、ゆっくりしていって」

レクシーは定休日だと知っていて訪ねて来てくれたのだろう。

「ラテアオーラ様達も、どうぞお入りください」

エルフの王国の王女様と王子様を拒む理由もない。

この前の黒いジンの件を、聞きたかった。

それに、最初から私に用があって訪ねて来てくれたのでしょう。

「話には聞いていたけれど……素敵な喫茶店ですわ」

「ありがとうございます。朝食をとっていたのですが、皆さんもいかがですか？」

「あーお腹がペコペコなんだ。いいかな？」

「ひたすらに追いかけていたからね。ぜひとも、いただきたいです」

そう言って自分のお腹を撫《な》でたキルクルス様と、彼の言葉に頷《うなず》いたラクテウス様が、ラテアオーラ様とレクシーに続いて店の中に入った。

追いかけていた……。黒いジンを差し向けた悪魔のことかしら。

「残念だけれど、わたくしはもう済ませてしまったの」

「あいーっ！」

「あら、ロト達もいたの。ご機嫌よう」

隠れようとしていたロト達が、相手が顔見知りのレクシーだとわかると、目を輝かせた。

「毎朝、一緒に食事をしているの」

そう答えて、カウンターテーブルに椅子が出ているのを確認してから、キッチンに入る。手伝うと言ってついてきたロト達と一緒に、パンケーキを追加で焼き始めた。

「ハァイ、妖精ロトの皆さん」

ラテアオーラ様は、テーブルの上に残ったロト達に、にこやかに挨拶《あいさつ》している。

口をチョコレートで汚したままのロトが、爪楊枝のように小さな手を伸ばす。ラテアオーラ様は人差し指で、ちょんとハイタッチをした。

「えっと、オルヴィアス様に場所を聞いていたのですか？」

パンケーキを一枚焼いて、お皿に載せる。

「そうですわ。聞いておりました。近くまで来て、せっかくなので会いたくて来ましたの。元気で喫茶店を経営しているとはお聞きしていましたが、やはり直接お会いしたくて」

肩を竦《すく》めたラテアオーラ様は、明るく答えた。

「元気そうで、安心しましたわ」

「バカシュナイダーの件でしょう？」

レクシーの言う通り、婚約破棄の件で、心配してくれていたのでしょう。

「ええ……。そうだわ、わたくし、ココア粥が食べたいですわ」

「ココア粥、ですか？」

ラテアオーラ様が、新しい注文をした。

今日は定休日だから、注文と言うより頼みごとかしら。

「ココアー？」

きょとんとした顔をして、ロト達がこちらを見上げる。

「わたくしの大好物ですの。もちもちしたお粥とあまーいココアの食べ物ですわ」

「あまーい？」

ロト達はラテアオーラ様の言葉を想像したらしく、目をキラキラと輝かせた。そして、ペリドットのつぶらな瞳を期待に煌《きら》めかせて、私を見る。

「ラテアオーラ姉様は本当に好きだね、ココア粥」

クスクスとキルクルス様は笑う。

「昔から好きですよね。しかし、ローニャ様は今日はお休みなのですから、注文は控えなさい。ラテアオーラ」

「まぁ、お兄様の意地悪」

ラクテウス様に窘《たしな》められて、ラテアオーラ様はぷくーっとむくれた。愛らしい仕草である。

「大丈夫ですよ。材料はありますし、少し時間をくだされば……。ロト達も食べてみたいようですしね」

「ありがとうございます、ローニャ様！　嬉しい！　分け合って食べましょう？　ロトの皆さん」

「「「あーいっ！」」」

ロト達は、喜んで小さなお手てを挙げた。

念力を発動させる魔法のアクセサリー、ラオーラリングを使いながら、パンケーキ作りと一緒にココア粥の準備も始める。

まずは、鍋で一人分のもち米を煮込む。

とろみがつくのを待つ間に、二枚目のパンケーキを焼き上げた。

ミックスベリーのアイスも添えて、キルクルス様とラクテウス様の前に並べる。

ありがとう、と微笑まれたので、どういたしまして、と笑みで応えた。

とろみのついたもち米に、ココアパウダーを適量混ぜ込む。

真っ白なもち米は、すぐココア色に染まった。甘い香りがキッチンに広がる。

牛乳でもいいけれど、ケーキ用の生クリームがあるので、それを円を描くようにして注ぐ。これで完成である。

ラテアオーラ様のために器に盛り付けてから、私は彼女を振り返った。

「温かいままがいいですか？　それとも冷たいものがいいですか？」

ココア粥は、温かくても冷たくても美味しい。

夏だから、やはり冷たい方がいいだろうか。

「わたくしは温かい方が好きですの。温かいままでお願いします」

「わかりました。はい、どうぞ」

「わぁ、ありがとうございます！」

念のために確認しておいて良かった。

スプーンと共に運ぶ。

ロト達には熱すぎるだろうから、粉雪の魔法で少し冷やしておく。

ロト専用の小さなスプーンと一緒に、お皿一杯に盛り付けたココア粥を渡した。

「んぅー、美味しいですわ！」

「お口に合って良かったです」

ラテアオーラ様が頬に手を当てて、絶賛してくれる。

ロト達もココア粥を堪能《たんのう》して、ほっぺを押さえてぷるぷると震えた。こちらも気に入った様子だ。

「このパンケーキとアイスもいいね。母上が気に入りそうだ」

「ああ、私も思いました。美味しいです」

キルクルス様とラクテウス様も舌鼓を打っている。

レクシーに紅茶を出してから、私もカウンターテーブルの中の椅子に腰を下ろし、朝食を再開した。

「それで？　わたくしが尋ねるのもあれですが、ローニャになんの用ですの？」

紅茶を一口啜《すす》ったレクシーが口を開く。

「レクシー。わたくし達は長い付き合いですよね。これから話すこと、他言はしないでくださいませ？」

「……ええ、他言しませんわ」

レクシーは少し怪訝《けげん》そうに眉をひそめつつも、ラテアオーラ様の言葉に頷《うなず》いた。

「実は先日、我が国に黒いジンが送り込まれまして」

「黒いジンですって？　なぜまた……オーフリルム王国は聞いておりませんが？」

「ええ、母上の希望で伏せることにしたのです。黒いジンは、悪魔が母上に差し向けたもの。黒いジンに入り込まれたなど、他国には知られたくなかったのです」

ラクテウス様は、女王ルナテオーラ様が被害に遭《あ》ったことまでは言うつもりがないようだ。

黒いジンに触れられ、不幸を植え付けられて、苦しんだこと。

私も他言をしないと約束している。けれど、すでに知っている話ではあるので、「私はたまたま居合わせたのです」と先に言っておく。

レクシーは私に不安そうな目を向けたけれど、ひとまず黙って聞くことにしたみたいだ。

「黒いジンは、我が叔父上が倒してくれました。我々は差し向けた悪魔の方を追跡しました」

「その追跡が難航してしまってね。あ、ご馳走様」

キルクルス様は、綺麗に平らげた。

「おかわり、いかがですか？」

「ううん、もういいよ」

話が続けられる。

「この悪魔が追跡に長《た》けている、っていうことは知っていたけれど、逃亡もうまいなんてずるいと思わないかい？」

頬杖をついてむくれるキルクルス様。

「悪魔に付きまとわれていた経験から、何か助言をもらえないだろうかと、訪問させてもらった次第です。ちょうど近くを通りかかったことですし。朝食をどうもありがとうございます」

ルナテオーラ様によく似た微笑みを浮かべて、ラクテウス様がこちらを向く。

「いいえ、朝食をご一緒できて光栄です。悪魔について助言ですか……」

パンケーキを食べる手を止めて、私は考え込んだ。

「確かに私は悪魔ベルゼータに追われていた経験があります。ですが、一方的に追われていただけで、悪魔を追跡するための助言をすることは難しいですね。申し訳ございません」

ぺこり、と頭を下げた。

「そうですわね、追われていただけ……。わたくし達三人がかりの強い封印魔法をかけてしまいたいのですが……標的の悪魔と対峙《たいじ》することも、叶わないなんて」

はぁ、とラテアオーラ様はため息をついた。

「悪魔は確かに狡猾《こうかつ》で邪悪ですが、エルフの王国を敵に回すなんて……全く、異常ですわね。それが悪魔というものなのでしょうけれど」

紅茶のカップを置いたレクシーも、息をつく。

そうだ。

エルフの王国を敵に回すことは、とてつもなく異常な行動だと言える。

でも、それが、悪魔という存在だ。異常が、普通。

「お力になれずどうもすみません。他にお手伝いができることがあれば、なんなりと」

「いいえ、これ以上、ローニャ様の手を借りるわけにはいかないですわ」

首を左右に振って、ラテアオーラ様は笑みを浮かべた。

母であるルナテオーラ様の呪いを解いたことを言っているのでしょう。

ひょいっと、レクシーの片方の眉が上がる。私の手を借りた。その言葉が引っかかったようだ。

「レクシー。紅茶のおかわりはいる？」

「え？　いえ、結構よ」

さっと気を逸らす。

他言しない約束だから、ごめんなさい。レクシー。

「これから、一度ガラシア王国に戻るつもりだよ。悪魔を見失っちゃったからね。でも必ず見つけ出し封印してみせる」

エルフの王国の王女と王子が、揃って口を開く。

「敵になった以上、野放しにはしません」

「敵になった以上、野放しにはしないわ」

「敵になった以上、野放しにはしない」

微笑みを保っていても、どこか強い意志のある藍色の瞳。

花に例えるなら、そう、棘《とげ》のある薔薇《ばら》のごとく。

百戦錬磨の英雄であるオルヴィアス様と、その姉で一国の王女であるルナテオーラ様の血筋を感じる。

本当に、こんな強い国に喧嘩を売った悪魔は、異常としか思えない。

「動機の方は……見当がついているのでしょうか？」

そう問いかけたところで、また白いドアがノック音を響かせた。

今度こそ、お祖父様《じいさま》かもしれない。

「失礼します」

一言伝えてから、訪問者を確認する。

窓を覗くと、私の大好きな柔らかな微笑みがあった。

「お祖父様《じいさま》！　おはようございます！」

「おはよう。ローニャ。……おや？　これはこれは、とても久しいですね。ラクテウス様に、ラテアオーラ様と、キルクルス様」

私とハグをしたあと、先に来ていた訪問者達を見たお祖父様《じいさま》は、驚いた表情をしつつも、また微笑んだ。

「また会えるとは！　お久しぶりです、ロナード様」

真っ先にラクテウス様が椅子から立ち上がって、握手を求める。親しげに強く握り合う二人。

「爵位を譲ってから会っていなかったから、実に十六年ぶりかな？」

そう声をかけながら、キルクルス様が一礼する。

お祖父様《じいさま》が現役の伯爵だった頃からの顔馴染《なじ》み。見た目の年齢はだいぶ離れているけれど、それも当然だろう。

エルフの成人は、人間と同じくらい。でも見た目は、恐ろしいほどゆっくりと老いていく。エルフが老いていく変化を人間が目にすることはない。十六年経っても、お祖父様《じいさま》の目に映るお三方は全く変わっていないだろう。

お祖父様《じいさま》にとっても、私やレクシーにとっても、エルフ王国の若々しい王女様と王子様だ。いつまで経っても。

「もしかして、お孫様と先約を入れていたのですか？　お邪魔して申し訳ありません」

「いや、いいのですよ。ラテアオーラ様。相変わらず、ルナテオーラ女王陛下に似てお美しいですね」

「照れてしまいますわ、ロナード様」

ふと、お祖父様《じいさま》が私達の顔を見回す。

「……どうして、我が孫の元に来たのでしょうか？」

私を心配してくれている様子が滲《にじ》み出ていたから、ラテアオーラ様もキルクルス様も立ち上がった。

「ちょっと近くを通りかかったので、お邪魔させてもらっただけですわ」

「ついでに朝食もいただいた。お孫様の料理の腕は最高だ」

「もう失礼します。朝食をありがとうございました、ローニャ様」

悪魔についていては、言わない。

私もレクシーも、伏せておいた方が良さそうね。

「またローニャ様のココア粥が食べたいですわ。あ、この紅茶、買って行ってもいいでしょうか？」

「はい、ぜひどうぞ。実はこれ、ルナテオーラ様がガラシア王国の国花を紅茶に浮かべるお姿をヒントにさせていただいて、作ったものなんですよ」

「ああ、そういえば、そうですわね」

カウンター上の紅茶の袋を手で示す。一つずつ説明すると、ラテアオーラ様は相槌《あいづち》を打ちながら、一つまた一つと袋を取る。

「ぜーんぶ買いますわ！」

袋を抱え込んだラテアオーラ様が楽しそうに笑った。

お買い上げ、ありがとうございます。

「では、また会いましょう」

エルフの三人は笑顔で帰っていった。

それと入れ違いにラーモが入ってきたので、挨拶《あいさつ》を交わす。

ふと顔を上げると、店の外にはレクシーの護衛が二人いた。気付きませんでした。中に入っては
どうかと声をかける。その方が、少しは涼しいでしょう。

二人は「失礼いたします」と入ってくると、守るようにドアの前に立った。

冷たい紅茶を用意しましょう。

「お祖父様《じいさま》、朝食は？」

「食べてきたよ」

「冷たい紅茶をどうですか？」

「そうだね、いただこう」

お祖父様《じいさま》は、レクシーの隣に座った。

すると、ラーモがスッと前に出る。

「失礼ながら、ローニャお嬢様。私が代わりに紅茶をご用意してもよろしいでしょうか？」

「ラーモが？」

「はい。どうか許可をください」

ラーモは胸に手を当てて、頭を下げた。

お祖父様《じいさま》を見れば、許可してあげなさい、と笑みを送られる。

「じゃあ、頼んでいいかしら」

「はい。お嬢様はどうぞ、レクシーお嬢様とロナード様と会話を楽しんでいてください」

少し誇らしげに、ラーモが胸を張った。

そして、キッチンに入って人数分の紅茶の用意を始める。

「エルフの王国の王女様と王子様が来るなんて……ね」

お祖父様《じいさま》はまた心配するような眼差しになった。

「王子様と言えば」

話を逸らす。というより、私が話したい。

「海底の王国の王子様と、先日、お会いしたのです」

「海底の王国って……マリンコニー王国？」

レクシーの顔が、少し歪《ゆが》んだ。

どうしてだろうか。

「なんでまたそんな遠くに行ったんだい？」

「海へ涼みに行ったのです。一度行ったことのある綺麗な海岸へ、新しい友人達と一緒に」

お祖父様《じいさま》もこちらの話題についてきてくれた。

「せっかくなので、海の幸を堪能《たんのう》しようと、お魚を獲《と》ろうと思ったのです」

「相変わらず……妙なところは行動的ね」

歪《ゆが》んだ表情から戻ったレクシーは、褒《ほ》めているのか呆れているのか、わからない。どっちもかしら。

「そうしたら、王子様が釣れてしまって。……あ、ありがとう、ラーモ」

すっと、ラーモがローズティーを置いてくれた。

私の言葉に驚いた様子を見せつつも、ラーモはレクシーとお祖父様《じいさま》の前にも紅茶を置く。それから、レクシーの護衛の二人にも渡した。

「マリンコニー王国の王子様を釣ったですって？」

「まぁ、実際は彼の方が私達を釣ったようなものだわ。スカイ様というその方は人を招く癖があるようで、私達のことも王宮へ招いてくださったのですよ。新鮮な海の幸をいただきました」

冷たいローズティーを一口飲む。美味しい。

ラーモに笑みを向けてから、私は話を続ける。

「スカイ様が秘宝のネックレスを貸してくれて、それがなんと、人魚に変身する秘宝だったのです。私、一時的に人魚になったのですよ。美しい海の中で呼吸ができるなんて体験は、初めてでした。空を泳ぐような気分で、本当に素敵な体験でした」

「ご馳走を振る舞ってくれた上に、秘宝を貸してくれるなんて、ずいぶんと気前のいい王子様のようだね」

「あなたの素性を知ってて、貸したのかしら？　そうでないなら無用心すぎるわね」

「人を見る目はあるって、自慢なさっていたわ」

確かにレクシーの言う通りだとは思うけれど。

「ローニャを見てそう言ったなら、確かに人を見る目はあるみたいね」

レクシーは感心した様子で頷《うなず》いた。

「隣の国について、話は出なかった？」

カップの縁を指でなぞって、レクシーが俯《うつむ》く。

「レクシーが留学していた国のことなら、醤油を輸入していると聞いたわ。どうして？」

「……話しておきたいことがあるけれど、まぁいいわ。それより、新しい友人について知りたいわ」

「私も、ぜひとも知りたい。今日はその話を詳しく聞きに来たんだ」

優しく微笑むお祖父様《じいさま》に、促される。

「とてもいい人達です。名前はセティアナさん。セスとセナさんはご兄弟で、シゼさん、リュセさん、チセさん」

「おや？　皆が〝セ〟がつく名前だね……？　でも、家族、ではないのかい？」

「はい、同じ村の出身で、〝セ〟のつく名前が流行っていたそうです。でも家族のように深い絆《きずな》で繋がっている人達ですよ」

絆《きずな》を感じる場面をいくつか思い出しながら、私はいよいよ言うことにする。

「実は……最強の獣人傭兵団と謳《うた》われている人達なんです」

なるべく明るく言ったけれど、レクシーは大きく目を見開いた。

「獣人で？　傭兵？　物騒な印象を抱いてしまうけれど……ローニャのことだから、いい人達なんでしょうね？」

「もちろん、とてもいい人達よ。私の素性も過去も知っているし、精霊の森にも連れて行ったことが何回かあるの。あのラクレインとも仲良しなのよ」

「本当なの？」

うふふ、と私は笑って、疑いの眼差しを向けるレクシーに答える。

お祖父様《じいさま》にまた心配をかけているかもと、目をやった。けれど、お祖父様《じいさま》は平然としている。

「過去も教えられるほど、親しいんだね」

微笑みを浮かべて頷《うなず》いてくれた。

その様子に私も安堵して、笑みを返す。

「はい」

私はこれまで話せなかったこと、獣人傭兵団さん達と仲良くなった経緯と、それからどこに出かけたのかを話した。二人は最後まで、相槌《あいづち》を打って聞いてくれた。

ロト達も獣人傭兵団さんと仲良くなったことを自慢したいのか、一生懸命喋《しゃべ》ろうとしていた。

「わからないわよ」とツンと、レクシーが一人のロトの頬をつつく。ぷるんと弾むロトの頬。

「微笑ましいね」と、お祖父様《じいさま》は笑った。

2　胸騒ぎ。

レクシーとお祖父様《じいさま》とまったりした時間を過ごした翌朝のこと。

今日の夏用ドレスは、大きな花柄の半袖フリルブラウスに鮮やかな黄色のロングスカート。そして、白いエプロン。

開店日なので、朝の支度を済ませて、朝食を作ろうとした。

「ココアー」

「え？」

「「「コ、コ、ア〜」」」

「昨日のココア粥が食べたいの？」

ロト達の注文に、きょとんとしてしまう。

そうだと示すように、満面の笑みで小さな手を振ってきた。

「そう、そんなに気に入ったの。じゃあ私も今日の朝食にココア粥を食べましょう」

自分の分と合わせて、ココア粥を作った。

マグカップに入れた温かいココア粥をスプーンですくって、口に運ぶ。

カップを両手で包み、口の中に温かい甘みが広がると、ほっとする。

なのに、どうしてだろうか。

何か忘れているような、そんな胸のつかえを覚えた。

「……？」

何か作り忘れているのかと、マグカップを持ったままキッチンの中に戻る。でも今日の分のケーキや食材は、きっちり揃っていた。

ちゃんと確かめたのに、胸のしこりは、なかなか消えない。

私が立ち尽くして首を傾げると、様子を見守っていたロト達も、一緒になって首を傾げた。

「……何かしら……」

絶対に、何かを忘れている。

ココア粥を食べ終えると、原因は何かと店を回って探した。

二階まで行ったけれど、元凶はわからないまま。

けれども、右手を胸に当てて考えているうちに、これは胸騒ぎというものではないかと思い付いた。

悪い予感。心が落ち着かない原因だ。

気がかりに思いつつも、開店時間になるのでロト達には一度精霊の森に帰ってもらい、店を開けてお客さんを迎え入れる。

忙しいブランチタイムを過ぎて、私の頭に浮かんだのは、群青色の髪を細い三つ編みに束ねたオッドアイの魔法使い、オズベルさん。そういえば、何日も彼が来てない。

もしかして、彼のことを思い出しかけて、胸騒ぎのようなものを覚えたのだろうか。

でも……それとは違う気がする。

「どうかなさいました？」

いつものように来てくれたセティアナさんが、私に声をかけた。

「いえ……なんだか、胸騒ぎが……。悪い予感のようなものが胸に」

胸に手を置いたまま、セティアナさんにそっと笑って答える。

「何か心配事でも？」

「ないと思うのですが……」

「予感は当たる方ですか？」

「んーどうでしょう……」

セティアナさんは、真摯《しんし》な態度で聞いてくれた。

「以前、お店が他の傭兵に襲われたことがあったと聞きましたが」

「あれはきちんと解決して、それ以来被害はないですよ」

一人、また一人と、お客さんが店をあとにする。

お客さんが出て行くたび、カランカラン、と白いドアのベルの音が響いた。

「最近、店の周りで不審な行動をする人を見かけたことは？」

「……ないですね」

真剣に記憶を振り返る。

まるで、刑事さんの事情聴取だ。

「では、親しい人に、最近何か起きてないですか？」

「親しい人……ですか。昨日親しい人達に会って、色々と話したのですが……特に……ああ」

「何か？」

また記憶を振り返ってみて、レクシーとお祖父様《じいさま》との会話を思い出そうとした。内容は、ほぼ私の近況報告のようなもの。その前に会ったラテアオーラ様達との会話は、悪魔についてだ。

悪魔の追跡をしている。それは十分心配すべき点だ。

「危険な相手を追っていると……聞いたのです」

最後の一人の会計を済ませて、私はセティアナさんにそう答えた。

「もしかして、虫の知らせですかね？」

「虫の知らせを信じますか？　本能が、それほど危険な相手と感じているのでしょうかね……」

セティアナさんの表情と仕草には、聡明な印象を覚える。

顎《あご》に手を添えて、金色の瞳で見つめられた。

大きなウェーブがついた艶《つや》やかな白金髪を、スッと耳にかける。今日もレディースーツ姿。お洒《しゃ》落《れ》なフリルがついた白いブラウス。タイトなスカートには、スリットが入っている。

お洒落《しゃれ》な刑事さんって感じだ。

いや、実際の職は秘書に近いようだけれど。

「実は……」

私が考えているのは悪魔のことなのだと話そうとした。

すると、不意に足元が光った。魔力を感じる。

見ると、魔法契約をしている精霊オリフェドートからの呼び出しだ。

悪い予感が膨れる。

お店の時間を考えてくれているのか、前のような強制召喚はされない。けれどこれは、助けを求める合図だ。

以前は、悪魔ベルゼータの襲撃で、こんな風に呼び出された。

まさか。また悪魔ベルゼータの襲撃？

ゴクリと息を呑む。

オズベルさんの独自の封印魔法で、封印されたはずでは？

あの封印の魔法は、目の前で見た。悪魔ベルゼータは、明らかに、未知の魔法に戸惑い、焦り青ざめていた。

封印破りを得意とするベルゼータでも、今度こそ出て来られないと思っていたのに……

「ローニャさん？」

「ごめんなさい、行かなくては」

午後から店へやってくる人達に書き置きを残して、召喚に応じようとした。

その前に、セティアナさんの手に右手を掴まれる。

「私も同行しても？」

「えっと……」

どうだろうか。

状況はわからないが、オリフェドートが助けを求めているのは確かだ。

危険かもしれない。そんなところに連れて行くのは気が引ける。

「危険でも大丈夫です。連れて行ってください」

「……わかりました」

セティアナさんも戦えるらしいし……

私は頷《うなず》いた。

「一応、戦闘準備を」

「はい」

セティアナさんが首を振ると、白金の菊の花が咲き乱れるように舞って、白金の長い髪を持つ狼の獣人の姿にぶわっと変身する。

私もエプロンを外して、召喚に応じる。カツンとブーツの踵《かかと》で床を踏み鳴らせば、白い光が弾けた。

次に目にしたのは、精霊の森の外。

黄緑色が広がる草原と、水色が広がる空。

精霊オリフェドートが、私のすぐ横に立っていた。静かだ。

うだるような陽射しの下にいたのは、オリフェドートと私とセティアナさんだけではない。

私達と相対する離れた位置に、リューを見つけた。サファイアの涙を流すフィーロ族の少女。

涙目のリューの小さな首を掴んでいるのは、見覚えのない男性。

禍々《まがまが》しい空気をまとっていて、悪魔だということがすぐわかる。

頭にはベルゼータとはまた違う形をした大きな角があった。ヤギの角のようにねじれているけれど、ねじれた先は外側に広がりながら前に伸びていて、威圧的だ。

黒い衣服は、まるでカラスの羽毛のように膨れている。

三日月のように吊り上がった口の中、鋭い牙が並んでいるのが見えた。大蛇のような尻尾が、脚の後ろで揺れている。

瞳は赤で縁取られた怪しい灰色。ゾクッとした。ベルゼータと同じ瞳。

間違いなく、悪魔だ。

「リューが人質に取られた……ローニャ、お主を呼ぶように言われたのだ」

オリフェドートが、呻くように教えてくれる。

魔法契約を結んでいるもう一人、グレイティア様には知らせていないようだ。

幻獣ラクレインは、恐らく背後の森の中にいる。森の住人を守っているに違いない。

なぜ私だけが呼ばれたのか。

私を呼んだのは、ベルゼータに関係があるのだろうか。

それとも……

「よう、ベルゼータの天使」

「！」

天使と呼ばれたことに、驚いた。それは、ベルゼータが私を呼ぶ時の名前だ。

「そうだ。オレはベルゼータの友だちだ」

「えっ……！　ベルゼータに友だちがいたの!?」

「どこに驚いてやがる」

同じ悪魔だから、知り合い程度とは思ったけれども。

まさか、友だちだなんて予想外だ。

友だちがいないから、私を執拗《しつよう》に追い回しているのだと思っていた。

「ごめんなさい、失礼でしたね。えっと……要求はベルゼータの解放ですか？」

「それも要求の一つだ。でも違う。遥々この小娘を追跡していた理由は、他にもある。黒いジン、と言えばわかるだろう？」

「……っ‼」

黒いジン。この悪魔が、黒いジンを差し向けた張本人。

ラテアオーラ様達が追っていた悪魔だ。

確か、追跡に長《た》けた悪魔だと聞いた。

だから、居場所を転々とするリューを捕まえることができたのか。

「アモンラントだ。貴様なんだろう？　せっかく、黒いジンを使ってエルフの女王を呪ったのに、台無しにした。全く、ようやく厄介な護衛をすり抜けて呪いをかけられたのに、よくも邪魔してくれたな」

「うぐっ！」

アモンラントと名乗る悪魔が、黒く鋭い爪をリューの喉に食い込ませる。

リューの顔が痛みに歪《ゆが》んだ。

「やめてください！　私に恨みがあるのなら、私だけを攻撃してください！」

「本当にベルゼータの言うように、反吐《へど》が出そうな人格だな。言われなくても、お前も痛め付けてやる。コイツは保険だ。貴様の魔法の腕も、ベルゼータからよく聞いていた。魔物の軍勢にすら勝てるような貴様に、直接挑むつもりはない。だから、貴様が魔法を行使したら、この小娘の喉を切り裂く」

「ごめんなさいっ、ローニャ……っ！」

泣きそうになりながら謝るリューを、救う方法はないか。

考えたけれど、魔法を使う以外、思い付かない。

一か八かで行動するのは、リスクが高すぎる。

「なぜ……！　エルフの女王様に黒いジンを差し向けたのですか⁉」

考える時間を稼ぎたくて、私は声を上げた。

「愚問だな。オレは青き者の悲劇と呼ばれた時代が大好きだったんだよ！」

口を大きく開けて、アモンラントが高らかに答える。

「この小娘と同じフィーロ族や青いジン達が奴隷とされていた時代はいい。負の感情に満ちた空気。心地良いものだった、最高にな！」

狂気を感じた。

「その時代を終わりにして、今もなお奴隷組織を撲滅《ぼくめつ》しようと動くエルフの女王が邪魔だったんだよ。女王を亡き者にしたら、英雄サマも隙ができて葬《ほうむ》りやすい。その計画がうまく進みそうだった」

青き者達が苦しんだ時代に時を巻き戻すために、ルナテオーラ様を狙ったなんて。

やはり、悪魔。最悪だ。

「それを阻止しやがって……もう二度と隙を突くことはできないだろうな。大いなる計画を邪魔しやがったんだ。たっぷりいたぶらせてもらってから、ベルゼータの封印場所を吐いてもらう」

知らず知らず、私は青き者達も救っていたのか。

それよりも、私もベルゼータの居場所は知らないのに……

けれど、それを言ったら、今度はオズベルさんが狙われることになる。なるべくギリギリまで言わないでおこう。

時間を稼いではみたものの、いい案は思い付けなかった。

リューから離れた隙を狙うしかない。

「わかりました……私を好きにしていい。そう言おうと踏み出したけれど、先に割って入るようにセティアナさんが前に出た。

もふっとした右手で私に下がるように示し、悪魔アモンラントに向かって歩いて行く。

「失礼、悪魔アモンラント。ならば、最初に私が挑んでもよろしいでしょうか？　それとも、女でも獣人は怖いでしょうか？　ちなみに、私は変身魔法以外使えないのでご安心ください」

セティアナさんが、戦うつもりだ。

「獣人の女？　ベルゼータには聞いていないが……まぁいい。余興に付き合ってやろう」

「それは……どうも」

獣人傭兵団さんのことも知っているみたい。

セティアナさんが頭を下げたように見えたけれど、違う。

フリルの裾を捲《まく》って、その下に忍ばせたナイフを抜いたのだ。

そして、目にも留まらぬ速さで、草原を駆ける。

白金の長い髪が煌《きら》めいた。

両手に持った二本のナイフは、白銀に。

「さすがは獣人！　速いな」

ザクッ!!

ものすごい速さで振り下ろされるナイフを、飛び退《の》いて避けたアモンラント。リューからは手を離していない。

草原に突き刺さったナイフを軸にブンッと身体を回転させて、セティアナさんが蹴りを落とす。

それも避けられた。地面には、小さなクレーターができた。

獣人の攻撃を受けるのは、悪魔といえど大ダメージだ。

想像以上に、セティアナさんは強い。シゼさんが傭兵の仕事に参加させなかったのが、不思議なくらいだ。とんでもない戦力なのに。

……そんなことを考えている場合ではないか。

セティアナさんから視線を外し、注意深くリューの様子を観察する。

アモンラントも、リューを連れたまま逃げ続けるのはつらいはず。

セティアナさんが隙を作ってくれた時に、リューを取り戻さないといけない。

「いや、待て。あの娘に任せよう」

けれど、身を乗り出した私の考えを読んだらしいオリフェドートに止められた。

セティアナさんの猛攻に、避けるしかできないアモンラント。

人質を取られているが、形勢逆転はあり得る。

セティアナさんもトドメを刺してはいけないと知っているはず。

悪魔は封印する以外はだめなのだ。トドメを刺すと、悪い魔力を噴出させてその地を汚《けが》す。

ここで魔力が噴出されれば精霊の森が汚《けが》されてしまうし、私達もただでは済まないでしょう。

リューを手放すほどのダメージを与えられたらいい。

白金の髪を靡《なび》かせながら、セティアナさんは俊敏に動く。

すると、突然アモンラントが口を大きく開いて、火を噴いた。

草原を転がり、避けるセティアナさん。そうして身を低くしたまま、駆け抜ける。噴かれた火は
セティアナさんの美しい髪を焦がすことなく、空気に溶けた。

再び、セティアナさんがナイフを振り上げる。

「っ！」

ガキンッ!!

すると、大蛇のような尻尾が、ナイフの一つを弾いた。思ったより、硬い。

体勢を崩したと思われたセティアナさんが、白い爪を剥き出しにした手を、ナイフの代わりに振

り下ろす。

しかし、アモンラントがリューを盾にした。

当然、振り下ろせなくなった手が、ピタリと止まる。

そこに、尻尾が絡み付いた。

その瞬間に、大変なことを思い出す。

セティアナさんには、悪魔の禍々《まがまが》しい魔力から守るための加護の魔法をかけていない。以前、獣人傭兵団さんにはベルゼータからの接触を危惧して、かけさせてもらった。

普通なら、こんな最果てに住む人々は、悪魔に襲われる心配をしない。だから、加護の魔法はかけていないのだ。

セティアナさんは、無防備も同然。

「今すぐに離れてください!!　セティアナさん!!」

全力で声を張り上げた。

けれど、遅い。

セティアナさんは、崩れ落ちた。

「っ!!」

悪魔の魔力が、侵食していっているに違いない。

私も味わったことがある。

視界が黒に侵食されて、じわじわと指先から蝕《むしば》まれるような感覚。悪に染まる。

身体は、負の感情に支配されて動けないはず。

——もうだめだ。

すぐにでも、セティアナさんの治癒に走りたい。

「動くなよ?」

アモンラントが、にやりと笑ってこれ見よがしにリューの首を締めた。

「さぁ、次は貴様だ。ベルゼータの天使?」

ずらりと牙の並んだ口を開く。

凶悪な笑みに、ゾクッと悪寒が走った。

3　強靭《きょうじん》な想い。

セティアナさんも、リューも、どうやって助ければいい?

私をいたぶりたいらしい悪魔アモンラントは、尻尾を楽しげに揺らす。

その尻尾の先が——宙を飛んだ。

両断されたのだ。

白銀の刃によって。

「ーー!!」

「!?」

私もオリフェドートも驚いたけれど、それ以上にアモンラントが不意を突かれたようで、痛みと共に驚きで顔を歪《ゆが》める。

アモンラントのすぐ横で倒れたはずのセティアナさんが、ナイフを持つ手を振り上げたのだ。

「あの人のっ!!　大事な人を傷付けさせない!!」

……なんて人だ。

悪魔の魔力で汚《けが》された時、私は倒れて身動きができなかったというのに、セティアナさんは立ち上がった。

なんて身体だ。獣人だから？　いや、違う。

強靭《きょうじん》な精神力だ。

その精神力がないと、立ち上がるなんて、普通は無理。

セティアナさんは、立ち上がっただけではない。

彼女が放ったナイフはヒュンと風を切り裂きながら回転し、アモンラントの肩に突き刺さった。

ナイフで刺されただけでも大ダメージのはず。そこに獣人の力が加わり、アモンラントは後ろに吹っ飛んだ。

衝撃で、ラモンラントの手がリューから離れる。

草原を転がり、アモンラントは呻いた。

「うぐっ!! クソが……!! 獣風情めっ！」

乱暴に残った尻尾を振り回し、草原の草を舞い上げて、ヨロッとしながら立ち上がるアモンラント。

リューの前に膝をついたセティアナさんは毛を逆立てて、唸《うな》り声を上げた。

今が、好機だ。

オリフェドートが素早く草原に手を付き、アモンラントの前に草の壁を作り上げた。

私は移動魔法を発動して、壁の向こうに移動する。

これで、草の壁のこちらには私とアモンラント、向こうの安全な地帯には残る三人という理想的な配置になった。

指を鳴らして魔法空間を開き、保管していた魔法書を取り出す。そのまま開いたページは、封印魔法。そこに記した呪文を口にしながら、魔力を放つ。

その魔力で、空間を切り裂くように十字を切った。

カッと白く光った魔力から逃れようと、アモンラントが右の方に転がった。

そして、肩に刺さったままだったセティアナさんのナイフを投げてきたから、なんとか後ろに飛び退《の》いて躱《かわ》そうとする。

けれどその前に、壁を乗り越えたのか、セティアナさんに押し倒された。

おかげで攻撃は避けられたが、アモンラントが迫っている。

「ガルルゥ!!」

セティアナさんは、歯を剥き出しにして吠えた。その迫力を、びりびりと感じる。

セティアナさんの手には、白銀のナイフが握られている。手放したナイフをいつの間にか拾ったようだ。

「私が押さえる！」

「セティアナさん！　それ以上、悪魔に触れてはいけません!!」

身を低くして駆け出したセティアナさんを、止められなかった。

悪魔の悪い魔力にどれほど汚《けが》されたかはわからないが、早く治療した方がいいに決まっている。

しかし、とにかく今はやるしかない。セティアナさんが押さえ込んでいるうちに、私がもう一度封印魔法を唱える。

リューは、オリフェドートに任せていいだろう。

今アモンラントを封印しなければ、もっと多くの被害が出るかもしれない。

セティアナさんと協力して、封印しなくては！

ナイフを振り回すセティアナさん。それをギリギリ躱《かわ》していくアモンラント。

また激しい接戦だ。私が手を出すと、セティアナさんの邪魔をしてしまうかもしれない。

確実にアモンラントを押さえ込んだ時に、封印魔法を使うしかない。

しゃがんだセティアナさんが、アモンラントの脚を蹴り崩そうとした。

寸前で上に飛び上がったアモンラントが、地上のセティアナさんに向かって火の塊《かたまり》を吐く。

それを転がって避けた直後に、セティアナさんは背後で着地したアモンラントの尻尾をまた両断した。

「くそが!!」

火の塊《かたまり》を吐き捨てるけれど、それもセティアナさんは華麗に躱《かわ》す。

辺りが火の海になっても、セティアナさんは止まらない。

痛がるアモンラントの頭を掴み、捩《ね》じ伏せた。

顔が地面にめり込んで、もう火は吐けない。

腰にはセティアナさんの膝が置かれ、身動きも取れないでいる。

私は駆け寄って、もう一度呪文を唱え、魔力を放つと共に十字を切った。

カッと白い光が弾けて、見えなくなる。

光が消えたあとに見えたのは、膝をつくセティアナさんだけ。

今度こそ、逃がすことなく、封印できた。どこに行ってしまったのかは、私にもわからない。そういう魔法だ。

「セティアナさん！」

悪寒もなくなり、悪魔がいなくなったことを確認してすぐに、セティアナさんの元に駆け寄った。辿り着くのと同時に、セティアナさんが倒れる。動き回っていたことが不思議でならない。

セティアナさんのそばに膝をついて、辺りの火を魔法で出した水で消火する。

「リュー！　大丈夫!?」

「わ、私は平気……その人は？」

草の壁からリューが出てきた。

「今、治癒の魔法を施《ほどこ》すわ！」

オリフェドートがその隣にいたので、リューのことはそのまま任せる。

悪魔に触れられていたけれど、リューは加護のまじないをかけているから、悪い魔力の影響は受けていないようだ。

問題は、加護を受けていないセティアナさんだ。

気を失ってしまっている。熱に浮かされているように、苦しそうに顔を歪《ゆが》めていた。

「グレイティアを呼ぶか？」

「治癒の魔法は私でも大丈夫。でも、この辺りの浄化のために、グレイ様の力を借りたいので呼んでください！」

オリフェドートは私を呼んだように、魔導師グレイティア様を呼び出した。

セティアナさんの頭を膝の上に載せていると、私達が現れたのとちょうど同じ場所に転移の召喚陣が出る。

その光から現れたのは、オズベルさんと獣人傭兵団さん。

「あっれぇ？　精霊の森に行くって書き置きがあったから、てっきり森の中に移動できると思ったのに……あれ？　どうかしたのぉ？」

呑気に声を伸ばすオズベルさん。

「セティアナ？　どうしたの？」

「おい！　セティアナ！」

緑色のジャッカル姿をしたセナさんと、純白のチーター姿のリュセさんが、こっちに駆け寄る。

「悪魔の魔力に侵食されました！　今治癒を施《ほどこ》してます！」

「悪魔だって？　ベルゼータはしっかり封印したはずだよね？」

セナさんが、鋭い眼差しをオズベルさんに向けた。

「え？　この前の悪魔なら、しっかり封印したし、破られてないよ？」

きょとんとするオズベルさんは、大きな帽子を押さえて首を傾げる。

「別の悪魔です、セナさん」

私がセナさんを見つめて言うと、「ああ、なるほど……」と頷《うなず》いた。

黒いジンを差し向けた悪魔だと、理解したようだ。

「セティアナは……無事なのか？」

歩み寄ってきた純黒《じゅんこく》の獅子姿のシゼさんは、倒れたセティアナさんを見つめて、低い声で問う。

「はい……セティアナさん、すごいです」

「セティアナ、強いからな」

リュセさんが私のすぐ横にしゃがみ、セティアナさんの顔を覗き込んだ。

「戦闘能力も高いですが……、悪魔の魔力に当てられても、立ち上がって攻撃を続けたのです。私は倒れて指先一つ動かせなかったのに……負の感情に支配されることなく、自分の意志を貫いた……並外れた精神力でした」

「まじか……セティアナが、ねぇ……」

感心してから、リュセさんは離れて行く。

かと思えば、オリフェドートの足にしがみついているリューへ近付いた。心配しているのか、それともいつものようにちょっかいを出しているのか。

そんな中、私の隣に、召喚に応じたグレイ様が現れた。

「ローニャ……お前は大丈夫なのか？」

「はい。セティアナさんが守ってくれたので」

「……そうか」

シゼさんが私を見てから、再びセティアナさんに視線を落とす。

グレイティア様にこの場の浄化を任せ、私達は治癒魔法をかけたセティアナさんを運んだ。

セティアナさんを抱え上げてくれたのは、チセさん。

獣人傭兵団さんの家に、移動する。

家にいたセスが心配して慌てふためいたけれど、セナさんが宥《なだ》めていた。

セティアナさんは客室を使っているらしく、白いキングサイズのベッドに横たわらせる。

気を失ったままのセティアナさんだけれど、先ほどの苦しそうな顔はない。

「もう大丈夫よ、セス。とはいえ、前の私のように、傾眠《けいみん》状態が七日ほど続くわ」

「そっか。じゃあ、いわゆるほろ酔い状態になるんだね！」

安心した様子のセスに笑顔が戻る。

すると「げっ」とリュセさんが声を漏らした。

「セティアナ、酒に激弱で、酔うと絡んでくるんだよなぁ。お嬢が大丈夫って言うなら安心だな」

そう言って、絡まれる前に逃げようと、ささっと部屋から出て行ってしまう。

「ローニャ……飯」

くううん、と鳴き出しそうに悲しげな表情で、青色の狼姿のチセさんが訴えてきた。

「あ、はい。昼食をお作りしますね。セス、食材は何があるかしら？　キッチンを使ってもいい？」

「キッチン使っていいけど……んー、食材はイマイチかな」

「では私の家から取ってきますね」

「僕とチセがついていくよ、念のため」

セスが腕に絡み付いてきたので、一緒に部屋を出ようと扉を開ける。
「あら？　オズベルさんは？」
「知らないよ、どうせオリフェドートと魔法契約できないか粘っているんじゃない？」
そう言って、セナさんはチセさんと先に部屋を出て行った。
私は扉を閉じようとして、気が付く。
セティアナさんが起き上がっていた。
声をかけようと思ったけれど、セスに腕を引かれて止められる。
そばに立っていたシゼさんが、手を伸ばした。
もふっとした黒い手は、セティアナさんの頭に置かれる。
「よく守ったな」
そうシゼさんは、優しい声をかけた。
セティアナさんの方は、治癒の影響なのか、なんとも言えない表情だ。
至極気持ち良さそうな、とろんとした表情。
白金色の尻尾が、ふりふりと振られている。
初めて、かもしれない。セティアナさんの尻尾が左右に揺れている姿を見るのは。
――あの人のっ!!　大事な人を傷付けさせない!!
セティアナさんが、並外れた精神力で立ち上がって戦ったのは、〝あの人〟のため。

セティアナさんの想い人。
それは、まさか、シゼさん……？
パタン。
扉が閉じられた。隣を見れば、セスだ。
口元に人差し指を当てて、ニッと笑った。
私の無言の問いかけに、肯定する。
セティアナさんの想い人は、シゼさんだ。

4　狼の一途な愛。

獣人傭兵団さんの昼食を作る間、私はもやもやしていた。
セティアナさんの想い人は、シゼさん。
シゼさんが私にアプローチをしていることは、気付いているはず。
セティアナさんは、私をどう思っていたのだろうか。
私を素敵な女性だと言ってくれたけれど、あれは本心だろうか。
あの悲しげな笑み。

同時に、嫉妬《しっと》や怒りといった負の感情を暴走させることなく、悪魔と戦っていた姿を思い出す。

本当にすごい精神力の持ち主だ。

私に嫉妬《しっと》や怒りを抱いていたなら、私を攻撃するなり見捨てるなり、できたのに。

悪魔は負の感情に敏感だ。

なのに、アモンラントに操られることもなかった。

だから、私に対して、本当に負の感情を抱いていないのかもしれない。

「お店からシャーベットも持って来ました。どうぞ、召し上がってください」

「わーデザート付き！　ありがとう！　ローニャ！」

「悪魔と戦ったあとなのに、悪いね。ありがとう」

セス達は大喜び、セナさんは気遣いつつ。デザート一つで個性がよく見える。

「いいんです。セティアナさんの分、運びますね」

「手伝おうか？　お嬢」

「大丈夫です、食べていてください」

ふわっと、トレイを浮かせてみせる。

これで重くはない。そう示した。

リュセさん達が任せてくれたので、私は一人、セティアナさんの部屋に戻る。

行きがけにちらっと見たシゼさんは、黙って食事をしていた。

コンコン、とノックをして、中から返事が返って来たところで、深呼吸をする。

私が会ってもいいだろうか……

そんな疑問を抱きつつ、扉のノブを回して押し開ける。

もしも負の感情を私に抱いていたら、治癒魔法の副作用で眠り込むことがあるかもしれない。

「お邪魔します、セティアナさん」

私のせいで眠り込んだら、すぐにお暇《いとま》しよう。

「ローニャさん……」

白金色の狼姿のセティアナさんは、ぼんやりした目付きでベッドに座っていた。

「ありがとうございます。治癒の魔法をかけてくださったそうで……」

ぼんやりした声で、お礼を言う。

「お礼を言うのは、私の方です。身を挺《てい》して悪魔から守ってくださりました。ありがとうございます」

ベッドサイドに食事のトレイを置いてから、一礼した。

「私は……当然のことをしたまでです。あなたは……あの人の、あの人達の大切な人ですから」

こくり、と頭を揺らすセティアナさん。傾眠《けいみん》状態のようだ。

私も初日はうとうとしていたし、意識が曖昧《あいまい》だった。

「あっ」

ぽけーっとした声を上げる。

「捕まっていた子どもは無事でしたか……？」

「リューって名前です。セティアナさんのおかげで、無事でした」

「そう……」

花が咲くように、セティアナさんが笑みを零《こぼ》す。

きっと顔を綻《ほころ》ばせずには、いられない気分なのだろう。

傾眠《けいみん》状態でなくても、リューの無事を喜んでいたはず。

「……」

探りを入れるのはやめよう。

セティアナさんをそっとしておいてあげたい。

今日はすごく活躍してくれた。食事を手伝おうか聞こうと顔を上げる。

「じゃれてもいいですか？」

「!?」

顔を綻《ほころ》ばせたまま、両腕を伸ばすセティアナさん。

「も、もちろんです！」

セティアナさんを休ませてあげなくては、と思いつつ、獣人特有の友好の証《あかし》を受け入れたかった。

いや、手入れが行き届いたセティアナさんのもふもふを、味わいたい一心だったかも。

私はそっと両腕を回して、軽く抱き合った。

ふわんりした髪の毛。艶《つや》やかで、肌触りがいい。

ふわふわ……！

なんて素敵なもふもふなんでしょう。

初めて会った時から、ぜひともこうして触れ合いたかった。

頬ずりするセティアナさん。もふもふに頬ずりしてもらえて嬉しい。

白金色の毛艶《けづや》の良さは、本当に最高だ。

「……さっき、見てましたよね」

「え？」

堪能《たんのう》していたら、セティアナさんが口を開いた。

「どうにも、この状態は……気が緩《ゆる》んでしまいますね」

すりすり、とセティアナさんは私の肩に凭《もた》れる。

「久しぶりにシゼが触れてくれたからでしょうか？　褒《ほ》められたのは、本当にいつ以来でしょうか……」

シゼさんの名前が、彼女の口から出た。

「私は確かにシゼを想っています。でも、あなたに敵意や嫉妬《しっと》はありませんから、大丈夫ですよ」

セティアナさんは、そう言う。

「とうの昔に、私の想いは、シゼに拒まれています」

私の毛先を指に絡めて、セティアナさんが呟く。

シゼさんに、フラれた……？

それも、ずっと昔に……

つまり、昔から、セティアナさんはシゼさんを想っていたのか。

「私はただ……シゼが想う人を守りたかった……それだけの理由なんです。浅はかでしょう？」

自分を蔑《さげす》むような発言。

そんな……

「そんなこと……」

違う。浅はかなものではない。

きっと、セティアナさんが悪魔の力に勝てたのは、愛だ。

想い続けて、愛を貫いた。

並みの想いではない。

ものすごく強い想いだ。

「すぅ……」

気が付くと、セティアナさんが寝息を立てていた。

悲しみに襲われて眠ったのだろうか。

それとも、単に眠気に負けたのかもしれない。

「……」

大きくウェーブする髪を撫《な》でて、そっとベッドに横たわらせた。

美しい狼の獣人。

白い刺繍《ししゅう》のタオルケットをかけた。

食事は下げておこう。

部屋をあとにした私は、ついでなので、夕食分も作り始めた。

それから、くれぐれもセティアナさんは安静にするように伝える。

すると、傾眠《けいみん》状態の人の扱いについては私よりもわかるから大丈夫だと笑われてしまった。

獣人傭兵団さんは、同じ状態の私を看病してくれたのだ。扱いは、心得ているみたい。

移動魔法で帰ろうとした私だったけれど、そこで獣人傭兵団さんの耳がピクンと震えた。

「あ。ラッセルだぁ。またセティアナの様子を見に来たのかな」

訪問者が来たらしい。

セスが出迎えに行く。

「ラッセルさん……かなり心配してしまうのでは？」

セスの背中に、私は声をかけた。

「とーぜんだよ」

あっさりとセスは答える。

ラッセルさんは、セティアナさんが好きだ。

悪魔の被害に遭《あ》ったなんて知ったら……

「あれ？　喫茶店の店長さんが、なんでここに……」

「ラッセルさん、どうも。落ち着いて話を聞いてください」

両手を向けて言い聞かせると、ラッセルさんは首を傾げた。

オレンジ色のカラカル姿の少年。

「なんですか……？」

実は……、と切り出して、セティアナさんが悪魔と戦ったことを話した。

悪魔と聞いたラッセルさんは、目を見開く。

「悪魔って……比喩じゃなくて、本物の悪魔？」

「そうです。けれども」

「セティアナさんは、どこですか⁉」

「あの！　今安静に、寝ています！」

ラッセルさんがセティアナさんを捜して、屋敷を歩き出した。

「治癒魔法を施《ほどこ》しましたので、七日ほどで良くなりますよ」

「セティアナさん！」

血相を変え、尻尾の毛を逆立てて駆ける。

セスを振り返ると、ほらねと言いたげに肩を竦《すく》めた。

「二人にしてあげなよ」

ラッセルさんを追いかける私の手を掴み、引き留める。

それもそうだ。

そっとしてあげよう。

家に帰ると、セージの葉を持ったロト達が待ち構えていた。

心配していたようで、ブンブンと手を振って、つぶらな瞳をうるうるさせる。

セージは浄化に使われるのだ。

「あい！　あい！」

「はい、ちゃんとセージを焚《た》いて、寝ます」

この店に悪魔が来たわけではないけれど、セージの煙で満たして浄化しないといけない。

きちんとセージを焚《た》いてから、バスルームで塩を使って身体を洗い、清めた。

「森の方は大丈夫よね？　グレイ様もオズベルさんもいるから心配ないと思うけれど……」

「あい、あい！」

相槌《あいづち》を打って、ロトは大丈夫と答えてくれる。

しばらく、ラクレインが警戒して森から離れないだろう。

んーっと頬に指を当てて、机に向かった。

「ルナテオーラ様に、悪魔アモンラントを封印したことを伝えないと……ラクレインに届けてほしいけれど、今オリフェドートの森から離すのは気が引けるわ」

手紙を書こうと思ったけれど、羽ペンを持った手を止めた。

「手紙だけでは、失礼かしら……。んー、でも、招かれてもいない私が宮殿へ行くのは……」

悪魔を封じたことは、簡潔に伝えたい。

しかし、またルナテオーラ様が、褒美を受け取ってほしいと言うかも。

それは避けたい。

私が悪魔を封印したことは事実だけれど、主に戦ったのはセティアナさんだ。そのことを強調して伝えておこう。

伝える手段は、やはり手紙しかないかしら。

少しの間考えて、やっぱり手紙で伝えることにした。

手紙で大変失礼します、と書き出す。

書き終えた手紙には、日記と同じリーフの紐を巻いた。セージによく似た香りがする魔法のリーフだ。他人が解くと匂いが変わる魔法。

さらに、ちょっと手を加える。

宛先は、もちろん、ルナテオーラ女王様。

その名の持ち主が名前を唱えないと、紐が解けない魔法だ。

送り主である私の名を書いたら、転移の魔法で手紙だけをガラシア王国に送る。

これでよし。

ロト達は泊まっていくそうなので、ハンカチと籠で簡単に作ったベッドで寝てもらう。心配してくれているみたい。

私も自分のベッドに、横になった。


翌日のこと。

いつも通り開店していた正午前に、美しいエルフの夫婦がやってきた。

お忍びらしい。

比較的控えめな純白のマントを羽織っているのは、エルフの女王ルナテオーラ様。

その隣で腕を組んでいるのは、青色のマントを羽織ったオスティクルス様だ。

お二人とも、フードをかぶっているのに、その美貌が隠し切れていない。

ルナテオーラ様の星色と称される煌《きら》びやかな白金色と白銀色の長い髪と、白銀色の長い髪のオスティクルス様。キラキラだ。

フードの隙間から見える顔だって、顔立ちが良すぎて、美男美女オーラが隠せていない。

いや、女王の品格が隠せていないのかもしれない。

「ルナです」

「……オスティだ」

にこにこっとしているルナテオーラ様は、そう名乗った。

不愛想な顔のオスティクルス様が、店内を見回す。

オルヴィアス様が来た時のように、店のお客さんが二人に注目した。

見惚《みと》れてしまっているようだ。

「いらっしゃいませ。ルナさん、オスティさん。テーブル席にご案内します」

さん付けで呼ぶのはちょっと躊躇《ちゅうちょ》してしまうけれど、正体に気付かれるわけにはいかない。

私は、二人をいつもシゼさんとチセさんが使うテーブル席に案内した。

メニューを差し出す。

「ご注文は何にしますか？」

「このケーキがいいわ、チョコレートケーキ。それから、ホットコーヒー」

「同じものを」

「はい、かしこまりました」

注文の品を確認したあと、私は用意をしにキッチンへ戻った。

トレイに載せて運ぶと、お客さん達の視線が私に集まっていることに気付く。

どうかしたのか、と私は内心首を傾げつつ、配膳した。

すると、赤毛の女性のお客さんが会計のために立ち上がる。

対応をしていたら、そっと囁《ささや》かれた。

「店長さん、あんな美しいエルフさん達に、平然と対応できるなんて……すごいですね」

えっ。そういう意味の注目だったのですか……

皆さん、正体を知ったら卒倒しそうですね……

笑って誤魔化して、次から次へと会計の対応をしていく。

「またのお越しをお待ちしております」

最後のお客さんを見送って、私は残った二人を見た。

ケーキを堪能《たんのう》しているルナテオーラ様は、オスティクルス様の分まで食べさせてもらっている。

楽しんでいらっしゃるみたい……

「ルナテオーラ様、オスティクルス様」

「娘達に聞いたら、来たくなって……来ちゃったわ！」

待ってましたとばかりにフードを外して、ルナテオーラ様は無邪気な笑みを向けてきた。

「邪魔して悪かった、ローニャ嬢。客を逃したか？」

オスティクルス様はコーヒーを啜《すす》ると、再び店内を見る。

「いえ、この時間帯は客足が途絶えるので、大丈夫です。えっと、昨夜お手紙を送らせてもらったのですが、無事届いたでしょうか？」

「ええ、ちゃんと届いたわ。悪魔アモンラントを封印してくれて、ありがとう。何から何まで、助けられてしまったわね」

「いえいえ！　悪魔アモンラントは、元々私に付きまとっていた悪魔ベルゼータと繋がっていましたから、私の敵でもあったのです」

「あらあら、手紙にも書いてあったわね」

「はい、手紙にも書きましたが、主に戦ってくれたのはセティアナさんという女性です」

セティアナさんを推す。

褒美は、全面的に彼女へ与えてほしい。

ルナテオーラ様は、ただ笑みを深めた。

「そうね、そのセティアナという女性にお礼を渡すつもりだけれど……訪ねても大丈夫かしら？」

「今は汚《けが》れの治療中ですので、六日後がよろしいかと……でもお忙しいですよね」

「ええ、今日も無理言って、オスティとヴィアスの許可をもらってきたのよ」

女王様という立場だ。忙しいに決まっている。

「なるべく近いうちにお礼をすると伝えておいてくれるかしら？」

「はい、伝えておきます」

答えてから、逆に、セティアナさんをルナテオーラ様の元に連れて行く方がいいのではないか、と考えた。

「じゃあ、この喫茶店の名前みたいに、もっとまったりしたいけれど、今日は帰るわね」

「お代はこれで」

「はい」

ルナテオーラ様が立ち上がると、オスティクルス様に懐《ふところ》から出した袋を渡される。

両手で持っても、ずっしりしている。それに大きい。

「……これって……」

袋を開いて、中を確認した。

黄金色のクリスタルだ。とんでもない大きさ。

いやきっと、これは国宝なのでは？

いくら女王様でも、こんな代物で払われては困る。

「すみません、これ、私ではおつりが出せませ……」

「それはチップだ。受け取ったのだから、返すな」

オスティクルス様にきっぱりと言われてしまった。

腕を組み直したルナテオーラ様が、固まった私をクスクスと笑う。

「じゃあ、また会いましょう。ローニャ」

カランカランと白いドアのベルを鳴らして、麗《うるわ》しいエルフの夫婦は帰って行った。

普通に言っても私はいつまでも断るだろうと、こんな形で渡すことを考えたのだろう。

押し負けました……

「……」

愛し合う夫婦を見て、一途な愛を貫いたセティアナさんを思い出す。

私も誰かとあんな風に強く愛し愛される夫婦になることを、そっと願ってみた。

私が、愛する人は誰だろう。

少しして、ベルをカランカランと鳴らして白いドアが開く。

「いらっしゃいませ」

私は微笑んだ。